NELSONS
iNtressa-
nta
FAkta

Vega på Giraffön

EL CORAZÓN DE UNA JIRAFA ES INCREÍBLEMENTE GRANDE

GRANTRAVESÍA

Sofia Chanfreau

Amanda Chanfreau

EL CORAZÓN DE UNA JIRAFA ES INCREÍBLEMENTE GRANDE

Traducción de
Petronella Leifsdotter Z.

GRANTRAVESÍA

EL CORAZÓN DE UNA JIRAFA ES INCREÍBLEMENTE GRANDE

Título original: *Giraffens Hjärta Är Ovanligt Stort*

Publicado originalmente en sueco por Schildts & Söderströms
Edición en español publicada según acuerdo con Helsinki Literary Agency y Casanovas & Lynch Literary Agency

Traducción: Petronella Leifsdotter Z.

Diseño de portada: Emma Strömberg

Guillermo Barroso 17-5, Col. Industrial Las Armas
Tlalnepantla de Baz, 54080, Estado de México
info@oceano.com.mx

Primera edición: 2025

ISBN: 978-607-557-884-2

IMPRESO EN MÉXICO / *PRINTED IN MEXICO*

Para Moffa
El fundador de la primera parafernalia.
Por todas las historias, invenciones y cacerías de dragones,
y los abrazos enormes que nos abarcaban a todos.

ÍNDICE

1

LA JIRAFA NO TIENE CUERDAS VOCALES

¿SABÍAS QUE LAS JIRAFAS no tienen cuerdas vocales? Sus cuellos son muy largos y delgados en relación con el cuerpo, porque no hay cuerdas vocales que necesiten espacio para vibrar de un lado a otro. Si las jirafas tuvieran cuerdas vocales, tendrían los vozarrones más graves y profundos del mundo. Con excepción de los dinosaurios de cuello largo, por supuesto. Sus voces habrían sido tan graves que el suelo habría temblado cuando se hablaran el uno al otro… en caso de que hayan tenido cuerdas vocales. Pero eso no importa, porque los dinosaurios ya no existen y parece irreal que alguna vez hayan caminado por aquí, pisando el mismo suelo donde ahora hemos construido calles y casas y parques de atracciones.

Las jirafas, por otro lado, con su piel de lunares, sus grandes corazones palpitantes y sus cuellos larguiruchos —sin cuerdas vocales— son tan reales como cualquier cosa que puedas ver y tocar a tu alrededor.

Muy lejos, mar adentro —bien podría ser el mar en el que estás pensando—, hay una isla —bien podría ser la isla en la que estás pensando. La isla tiene la forma de una jirafa, por lo menos, si la ves desde muy arriba o en un mapa, y si usas un poco de imaginación. Tiene tres patas y una colita, un cuerpo grande y un cuello largo que termina en una cabeza. En el centro del cuerpo, hay un gran lago que se llama Corazón de la Jirafa. El agua del lago es dulce como una gaseosa, y la superficie casi siempre yace quieta como un espejo, aunque una tormenta esté levantando las olas en las aguas saladas que rodean la Isla Jirafa. Desde el cuerpo de la jirafa, el alargado Istmo del Cuello lleva a la cabeza de la jirafa y allí, en el centro de la cabeza, está la ciudad más grande de la isla —y la única—, que muy acertadamente se llama La Capital. Puede parecer extraño nombrar La Capital a una ciudad a menos que sea la capital del país, pero el nombre tan sólo resultó demasiado apropiado como para no llamarla así. La verdadera capital, la que está en Tierra Firme y es mucho más grande que la ciudad de la Isla Jirafa, tuvo que cambiar de nombre, después de varios malentendidos, y ahora se llama Ciudad Real.

En el cuerpo de la jirafa, Tierra del Cuerpo, no vive nadie. Pero hay alces y arándanos, y la gente de la ciudad a veces viene a dispararles o a recogerlos, aunque son sobre todo los cazadores, los turistas y los idiotas quienes se dedican a eso. Nadie sabe cómo llegaron los alces a la Isla Jirafa. Hay teorías de que nadaron desde Tierra Firme o que cruzaron el mar congelado caminando. Uno se pregunta si los alces en verdad son tan curiosos como para meterse al agua y nadar tan sólo para averiguar qué hay más allá del horizonte.

Porque si estás en Tierra Firme mirando al mar, no ves la Isla Jirafa, sin importar si eres alce, humano o jirafa. Y desde la Isla Jirafa tampoco puedes ver algo más que el mar en todas las direcciones, por muy buenos que sean tus binoculares.

Si observaras la Isla Jirafa desde arriba, como si estuvieras sentado en un avión —o quizás en el lomo de un albatros—, todas las casas de La Capital se verían como pequeños caramelos coloridos, esparcidos entre los bosques y los rojos peñascos. Luego, si bajaras un poco en tu avión —o en tu albatros—, podrías ver a los humanos, del tamaño de hormigas, saliendo y entrando en sus casitas de caramelo, desplazándose en sus pequeños autos de hormiga y quejándose de sus diferentes problemitas de hormiga. Claro, todo se vería así si lo observaras desde una gran distancia. En realidad, las casas no eran pequeños caramelos, sino verdaderas casas, ni las hormigas eran hormigas, sino verdaderos humanos de tamaño normal, con verdaderos problemas humanos de tamaño normal de qué quejarse.

En uno de los edificios más altos de La Capital, vivía una niña. Ella vivía en la planta más alta: el tercer piso. En La Capital, no está permitido construir casas de más de tres pisos, porque entonces podrían tapar la vista de las otras casas más pequeñas, que nunca crecerán. La niña se llamaba Vega y solía sentarse en una de las ventanas del tercer piso y soñar con lo que había al otro lado del agua. Su papá le había regalado unos binoculares para su cumpleaños y a ella no le importaba que a través de los binoculares no se viera más que el mar, porque para Vega un mar podía verse de todas las maneras posibles. A veces, a Vega la saludaban los peces y los delfines; otras veces, las sirenas y los caballitos de mar que resoplaban en el agua. Cuando el cielo estaba despejado y el mar cabrilleaba, todo se veía tan hermoso como si todas las perlas y joyas de una señora rica se hubieran derramado sobre la superficie marina.

Dentro de poco, Vega cumpliría diez años. Durante su corta vida —nueve años y siete meses—, Vega había hecho muchas cosas emocionantes que los otros niños de nueve años ni siquiera podrían imaginar. Todo aquello que para los demás era algo cotidiano para Vega eran cosas raras, chispeantes. Las tareas de matemáticas bailaban, el salón de clase se transformaba en un castillo, a la comida le crecían patas con las que corría maratones mientras Vega miraba el plato sin ganas de comer. Además, estaban las cebras, los leones, los caballitos de mar, los hipopótamos y todos los otros animales. Era casi imposible ponerles un nombre a varios de ellos, pero de cualquier forma aparecían a tiempo y a destiempo. La mayoría de las veces era algo divertido. Lo único que no resultaba tan divertido era el hecho de que nadie más pareciera ver las mismas cosas. Sobre todo, el papá de Vega. Él siempre estaba preocupado por ella. Se notaba en su voz cuando le preguntaba a Vega cómo había sido su día, cuando le preguntaba por qué había llegado tarde a casa después de la escuela, o por qué reía tanto al lavarse los dientes. Obviamente, Vega se reía del oso gris que se estaba bañando a su lado con la piel cubierta de champú espumoso, apretujado en una tina que sin duda le quedaba demasiado pequeña. ¿Quién no se reiría ante semejante espectáculo? Pero papá no podía ver al oso gris, ni a ningún otro animal tampoco, a pesar de que abundaban en el departamento y Vega jugaba con ellos todo el tiempo. Las cejas de papá siempre estaban inclinadas como un tejado a dos aguas y sobre su cabeza circulaban oscuros nubarrones. A veces, comenzaba a llover, pero por lo general las nubes tan sólo flotaban por encima de él, pesadas y grises.

Vega sabía que las nubes pesadas y las cejas de tejado a dos aguas de papá tenían que ver con ella, pero no sabía qué hacer para hacerlas desaparecer. Las cosas empeoraron cuando Vega le contó a papá de los animales, como si papá les tuviera miedo. Por mucho que Vega intentara explicarle que los animales no querían hacerle daño y que ella los quería a todos, papá parecía no comprender. Por ejemplo, es bastante difícil explicarle a alguien que jamás haya visto un mamut, que el pequeño mamut peludo que vivía en el armario en realidad era muy amigable. Dejaba que Vega colgara su ropa en los colmillos y, cuando Vega despertaba por la noche por culpa de una pesadilla, la dejaba acurrucarse junto a él en el armario. Por la mañana, cuando papá la encontraba dormida en el armario, las cejas de tejado a dos aguas se inclinaban más y llovía a cántaros. Vega intentaba consolarlo y hacer que acariciara la piel suave del mamut, pero papá se negaba. No le parecía que el mamut fuera amigable ni suave; le parecía que no existía.

Vega tenía un cuaderno donde dibujaba todo lo que veía. El cuaderno estaba lleno de animales de colores alegres y otros seres divertidos que vivían en el departamento o en la escuela o en la ciudad. Algunos tenían nombre, por ejemplo, Attle, el castor asfáltico, o Celestino, la cebra de paso. Era más difícil darles un nombre a otros; mucho más fácil dibujarlos. Vega guardaba su cuaderno y un estuche lleno de lápices de colores en su mochila, que todos los días llevaba a la escuela. Le gustaba tener el cuaderno a mano por si conocía a un nuevo animal al que quisiera retratar. Además, ella no quería dejar el cuaderno en casa y correr el riesgo de que papá lo encontrara. Quizás a él no le gustaría ver a todas las criaturas extrañas con las que Vega se topaba durante el día. Ella no quería que los nubarrones de papá llovieran más de lo que ya lo hacían.

Cuando Vega era pequeña, la habían mandado con una anciana para hablar. La señora se llamaba doctora Wrynck. Le hacía preguntas raras a las que Vega respondía de la manera más sincera posible: *¿Te sientes sola? ¿Tienes amigos? Es normal tener amigos imaginarios cuando eres una niña pequeña, no es nada fuera de lo normal. Pero ya no eres tan pequeña. ¿Sientes que eres alguien fuera de lo normal?* Vega no sabía muy bien qué significaba ser alguien fuera de lo normal, pero para nada se sentía sola: tenía una muchedumbre de animales acompañándola. Todo el tiempo, la doctora Wrynck anotaba en su libreta y hacía señas con la cabeza, con los arrugados labios fruncidos y tensos como un elástico. También había hecho preguntas sobre la mamá de Vega: *¿Tienes algún recuerdo de tu mamá? ¿Piensas con frecuencia en tu mamá? ¿Crees que ella piensa en ti? ¿Crees que tu mamá está muerta? ¿Extrañas una figura materna?* Esto último a Vega le pareció algo que se podría crear de plastilina y, al llegar a casa, lo hizo.

La verdad es que Vega no sabía dónde estaba su mamá y no tenía ningún recuerdo de ella. Hasta donde ella sabía, sólo había vivido con papá. A veces le preguntaba a papá cómo era su mamá, por qué no vivía con ellos y dónde se encontraba, pero las respuestas de papá eran secas y de pocas palabras, y nunca parecían decir la verdad. Además, siempre que se tocaba el tema de la mamá de Vega, los nubarrones sobre la cabeza de papá empezaban a tronar y soltar gotas de lluvia. Por eso, Vega ya no le preguntaba con tanta frecuencia.

Todas las mañanas, papá conducía hasta el trabajo, al otro lado de la ciudad. Se quedaba allí todo el día mirando números y textos, ordenando papeles en montones de diferentes tamaños, contestando el teléfono, usando palabras aburridísimas que no tenían sentido ni le interesaban a nadie. Vega sabía esto porque una vez estuvo todo un día en el trabajo de papá. Fue decisión de la escuela: "Saborear el pan de todos los días de tus padres", así habían nombrado ese día, en que todos los niños de la escuela visitaron durante toda una jornada el trabajo de uno de sus padres para después hacer una presentación ante el resto del salón. Vega no tuvo que elegir, pues sólo tenía a su padre. Pero habría apostado que su mamá —en caso de que ella existiera, claro— tendría un trabajo más divertido que el de papá. Vega estuvo todo el día en la oficina de papá jugando a tres en raya con dos hienas. Las hienas reían todo el tiempo. Si papá las hubiera podido ver, también habría reído y habría lanzado su corbata y todos los papeles al aire en lugar de pedirle a Vega que estuviera en silencio.

Después del trabajo, papá siempre llegaba a casa a tiempo para prepararle la cena a Vega. Para Vega, la cena era el mejor momento del día. Ese rato era sólo para papá y para ella. Los dos habían trazado un círculo en el piso alrededor de la mesa del comedor y papá había explicado que de esta manera sería más fácil poner límites a lo que no era bienvenido. Dentro del círculo, no estaban permitidas las cosas raras; ningún animal ni ninguna otra cosa los podía acompañar. Funcionaba bien: todos los animales se quedaban esperando en el recibidor y dejaban que papá y Vega comieran en paz. Al servir la comida, papá siempre le preguntaba a Vega cómo había sido su día y Vega sabía exactamente qué responder:

—Señorita, ¿cómo estuvo tu día?

—Como cualquier otro día. Todo normal.

—¿No pasó nada raro?

—No, para nada. Sólo cosas no raras.

—¿Y cómo te fue en el examen de matemáticas?

—Súper. Dejé que el pulpo lo hiciera; escribe muy rápido con todos sus brazos.

Las cejas de tejados a dos aguas de papá se inclinaron.

—Lo que quiero decir es que el pulpo estuvo sentado a mi lado. Claro que fui yo quien escribió. Acerté a todo, creo.

Los tejados se nivelaron un poco.

—Muy bien. En fin.

Los tenedores rasparon los platos. Papá le sonrió a Vega y las nubes alrededor de su cabeza se aligeraron.

Desde que Vega tenía uso de razón, era así: los lunes, espagueti; los martes, sopa de betabel; los miércoles, pescado; los jueves, gratinado de coliflor; los viernes, guisado de curry. La siguiente semana, lo mismo. Una canción para dormir y la lámpara se apagaba a la misma hora todas las noches. Papá era como un reloj. Vega sabía exactamente qué esperar de él, y eso era mucho más de los que se podía decir del resto de su vida.

Pero unas semanas atrás, algo había cambiado. El verano se convirtió en otoño y ya habían empezado las clases. Te esperas este tipo de cambios, pero algo había pasado con el comportamiento de papá, así, de la nada, como si el viento hubiera cambiado de dirección y, de pronto, todo hubiera terminado patas arriba —en la Isla Jirafa, el viento cambiaba todo el tiempo y el gratinado de coliflor de papá jamás había caído patas arriba. Hasta ahora.

Varias noches seguidas, papá llegó tarde del trabajo. Todo empezó con que se le hizo tarde para la cena. La sopa de betabel estaba fría y el espagueti, casi crudo. Papá parecía no darse cuenta. Las nubes arriba de su cabeza —blancas y azules y grises— se movían según patrones desconocidos. Papá comía rápido mientras murmuraba, miraba el plato, miraba por la ventana. Estaba prestando atención a algo fuera del círculo, pero no a Vega. Ni siquiera le preguntó a Vega cómo había sido su día, como acostumbraba. De todos modos, Vega le respondió:

—Hoy fue un día normal, papá.

—Mmm.

—Una cebra me ayudó con el dictado y nos fue muy bien.

—Mmm. Qué bueno.

Las nubes no se alteraron.

—De hecho, la cebra fue quien escribió todo el dictado —continuó Vega—. Es muy buena para la ortografía, sólo que cambió todas las S por C. Las palabras se veían más divertidas con la C, así que no pasaba nada. La cerpiente cilba ciempre.

—Mmm. Bien.

—Durante el recreo, salté a la cuerda con dos monos de hule. Me divertí mucho hasta que uno de los monos tropezó con la cuerda y le sangró la rodilla. Tuve que quedarme en el patio para ayudarle a ponerse una bandita adhesiva, y me perdí la clase de geografía.

—Hum. Qué simpático.

Los animales en el recibidor se asomaron con grandes signos de interrogación metidos entre el pelaje: ¿qué estaba pasando? Cuando incluso el hipopótamo de rayas verdes y amarillas opina que algo es extraño, entonces puedes estar seguro de que algo anda mal.

Al poco tiempo, papá empezó a llegar a casa aún más tarde, mucho después de la hora de la cena. Se ingeniaba una excusa, en un santiamén sacaba comida congelada del congelador y la descongelaba en el horno. La comida sabía a una mezcla de nada con aserrín. La canción para dormir se volvió apenas un murmullo o no se cantaba. A Vega no le importaba tanto el sabor de la comida ni el hecho de que la cena se retrasara (además, un avestruz gruñón ya le había servido sándwiches) y la canción para dormir la podía cantar ella sola; era el comportamiento de papá lo que le preocupaba a Vega. De alguna manera, él estaba muy lejos, lo cual es una forma rara de describir a alguien que está sentado frente a ti en la mesa del comedor, pero era la mejor descripción que se le ocurría a Vega. Cada día, papá se alejaba más y más. Y ni Vega ni los animales en casa comprendían por qué.

2

EL PULPO TIENE TRES CORAZONES

SI VAS POR EL SENDERO que pasa a un lado de la planta de tratamiento de aguas residuales hasta el Monte de los Pilotos de Puerto, pasando por la Cabaña del Piloto de Puerto, donde creció la famosa banjista Ylva Cuerda, y sigues a lo largo del acantilado con el bosque a un lado y la caída libre al mar al otro, por fin, llegarás a una valla amarilla. Para llegar aquí, también podrías seguir en auto el camino de grava que está al otro lado del monte —es más rápido y fácil—, pero para llegar a casa de Héctor, Vega prefería ir por el sendero que pasaba por la Cabaña del Piloto de Puerto. Los animales con los que se encontraba en el monte eran emocionantes y diferentes, y muchas veces estaban disfrazados de piedras o árboles. De pronto, las peñas se estremecían para dar a luz a una manada de leones de piedra cubiertos de musgo, y debajo de las ramitas de abeto lentamente salían unos erizos verdes del tamaño de perros San Bernardo.

Héctor era el abuelo materno de Vega. En su compañía siempre pasaban cosas fantásticas. Cuando se sentía más alegre o triste o más enojada de lo normal, Vega iba a casa del abuelo después de las clases. No importaba cómo se sintiera, porque en la compañía de Héctor ella podía ser exactamente cómo quería. No tenía que mentir ni fingir. Y Héctor siempre creía todo lo que ella decía. Él se reía tanto que las muelas de oro resplandeciente se hacían visibles, y descubría sus orejas grandes ocultas por su cabello rizado para escuchar mejor lo que Vega tenía que decir. Le preguntaba por los animales que había conocido en el transcurso del día, quería saber cómo estaban y le pedía que la próxima vez que los viera los invitara a tomar café en su casa.

Héctor nunca estaba preocupado por Vega. No había nubes arriba de su cabeza y sus cejas jamás se inclinaban como tejados a dos aguas. La nariz del abuelo era grande como el pico de un águila, sólo que la punta estaba ligeramente curvada, como un tobogán. Héctor era un anciano, pero casi no tenía arrugas, salvo por los abanicos que flanqueaban sus ojos cada vez que reía, algo que hacía casi todo el tiempo. Tenía una mata de cabello en la cabeza, como si llevara un casco de rizos dorados y, aunque la mata diera la impresión de ser muy suave, Vega sabía que su cabello era tan tupido que era imposible pasar la mano por ella.

Los brazos de Héctor estaban llenos de lunares, igual que los brazos de muchos otros ancianos. Sin embargo, en uno de sus brazos había una mancha especial. A primera vista, era igual a cualquier otro lunar, pero mirándolo más de cerca, y al revés, parecía una pequeña jirafa borrosa sin orejas. Este lunar era muy especial, porque en uno de sus brazos Vega tenía uno casi idéntico, un poco más pequeño que el de Héctor.

—Así se sabe que soy tu abuelo —decía Héctor—. Sólo la gente loca como nosotros tiene lunares tan bonitos.

Entrar por la puerta de la valla amarilla era como entrar en otro mundo: desde el monte con los pinos bajitos y torcidos y

las matas de arándanos enmarañadas hasta el jardín más frondoso que puedas imaginar. El jardín de Héctor era increíble y, al mismo tiempo, sabiendo cómo era Héctor, muy creíble. Allí había pérgolas cubiertas de moras y setos de mango, frutos de lilas y flores de manzano, arbustos de mariposas y árboles de navidad, arboledas de plátanos y pinos de azalea, regaliz vivaz y hojas de rubí, arce de plancton y sauces de papaya. Todo daba fruto al mismo tiempo y todo el tiempo.

En el jardín de Héctor, también había animales, animales muy extraños: conejos sin orejas, ratones con rayas, caballos del tamaño de gatos y escarabajos grandes como cuyos. Por no hablar de todos los animales que eran completamente imposibles de describir, como los afableróperos y las cucharanallas, los alículos y los trespiés. Además, los que no tenían nombre, pero que Vega dibujaba en su cuaderno.

Héctor regaba todo el jardín con limonada y colocaba recipientes con jugo para los animales.

En el centro del jardín, estaba la casa de Héctor. Por fuera, casi siempre parecía una caja plana, pero cuando llovía, el agua hacía que todas las superficies se expandieran, el tejado se estirara hasta tomar la forma de una cúpula y las esquinas pintadas de blanco crecieran como torres y pináculos que aspiraban llegar al cielo. Dentro de la casa, las paredes se extendían hacia arriba y los rincones se redondeaban, escaleras caracol brotaban de la nada y llevaban a nuevos pisos. En un instante, y con un sonido crujiente similar a cuando el hielo se rompe en primavera, todas las superficies se pintaban de oro y la casa se convertía en un palacio.

—Bueno, es el enfadoso clima húmedo —se quejaba Héctor mientras le servía a Vega tarta de manzana y té, en el porche de cristal recién nacido.

En cambio, cuando brillaba el sol, la casa tomaba una forma completamente diferente. Los muros se secaban y se encogían, se resquebrajaban y se abrían grandes grietas. En un instante, todos los muros estaban llenos de cavidades y, al final, quedaban sólo unas cuantas varillas dispersas. El techo caía y se hacía trizas, y la casa parecía tan sólo una pequeña choza.

—Bueno, es el enfadoso clima seco —se quejaba Héctor mientras Vega y él se sentaban en el jardín.

Héctor caminaba con una andadera con ruedas que empujaba delante de él. Al frente, había una silla y, en la parte superior, un estante. Héctor decía que el estante era muy práctico, porque así podía guardar algunas cositas que quería tener a mano, por ejemplo, un rollo de cinta adhesiva, un foco, banditas, pastillas para la garganta, calcetines de lana y un sombrero.

—La vida es demasiado corta para andar buscando tu sombrero todo el tiempo —decía Héctor—, por eso un estante ingenioso como éste es algo muy útil.

Héctor recibía muchas visitas. Varias veces al día, por el camino aburrido al otro lado del monte, subía un auto y de éste se bajaban un par de ágiles figuras, vestidas de batas blancas.

—¡Ah, ahí vienen mis agentes de nuevo! Es hora del informe de la tarde —decía Héctor mientras empujaba su andadera hasta la puerta principal para abrirles.

—Buenos días, señor —decían los agentes de bata blanca.

Vega pensaba que era muy astuto por parte de los agentes llevar batas blancas. Jamás te imaginarías que fueran agentes si no lo supieras.

—Ya estamos aquí otra vez. ¿Cómo se encuentra, Héctor?

—Muy bien —respondía Héctor—. Excelente, igual que la vez pasada. Y ustedes están trabajando duro por lo que veo. Espero que avancen en su investigación.

—Bueno —reía una de las figuras vestidas de blanco—. Se podría decir que sí. Héctor, ¿hoy se ha acordado de tomar su medicina?

—Ah, ¡mis pastillas para la visibilidad! Sí, me las tomé hace rato. Antes de hacerlo, tal vez no haya estado del todo invisible, pero sí un poco borroso. Pasen para que me den el informe. Vega, ¡espérame aquí! ¡Volveremos enseguida!

Héctor estaba muy ocupado. A pesar de ser un anciano, tenía varias investigaciones secretas en marcha, cuidaba su maravilloso jardín con todos los animales y, al mismo tiempo, sabía todo lo que se pueda saber del mundo entero. Se sabía todas las historias y las leyendas de la Isla Jirafa y cada vez que las narraba se volvían más emocionantes. A veces, el abuelo contaba del hombre sin rostro, que vivió en las afueras de La Capital y que cada día antes de salir a la calle se pintaba ojos, nariz y boca en la cabeza. Otras veces, contaba del caballero de la barba verde, que plantó todos los bosques de la Isla Jirafa usando los pelitos de su propia barba. Luego, contaba de Patatorpe, la criatura gigante que era casi imposible de divisar, pero que, según Héctor, vagaba por esos mismos bosques. Héctor había visto sus huellas como grandes estanques en el musgo. A veces, Héctor contaba del Corazón de la Jirafa, el lago más hermoso del mundo. El agua del lago era dulce como gaseosa, algo que pocas personas sabían. El Corazón de la Jirafa era tan poco profundo que el agua sólo llegaba a las rodillas al cruzarlo y, al mismo tiempo, tan profundo que nadie jamás había encontrado el fondo, decía Héctor. A veces, la historia contenía un monstruo marino y una ciudad submarina. Otras veces, no había nada vivo en el Corazón de la Jirafa, y simplemente era como una bañera gigante. Nadie lo sabía con certeza, aseguraba Héctor.

Los conocimientos de Héctor eran ilimitados. Vega podía preguntarle cualquier cosa. De vez en cuando, no estaba del todo claro lo que Héctor quería decir, pero siempre tenía una respuesta, y algo más:

—¿Héctor?

—Sí, pequeño fruto de mi imaginación.

—¿Por qué la Isla Jirafa se llama así?

—¡Porque se parece a una jirafa! Sobre todo, si la ves en un mapa.

—¿Por qué en el mapa la dibujaron en forma de una jirafa?

—Porque los que dibujan los mapas tienen métodos especiales para saber cómo se ven las extensiones de la tierra desde arriba. Ellos tienen una gran bandada de albatros sobrevolando toda la tierra y gracias a los diferentes aullidos de los albatros pueden determinar la forma de la tierra.

—Entonces, ¿los albatros gritaron que la isla se parece a una jirafa?

—Exactamente. Una vez presencié la elaboración de un mapa con una bandada de albatros. Es una tecnología muy avanzada. Naturalmente, funcionaría mucho mejor con águilas, pero aquí no hay.

—¿Cómo es Tierra Firme?

—Tierra Firme es como cualquier otra tierra firme. Me parece que tiene la forma de una anciana encorvada, si no mal recuerdo. Pero allá sólo tienen pájaros carboneros para elaborar el mapa, así que quién sabe cómo es.

—¿Alguna vez estuviste allá?

—Tal vez. Me parece que debo haber estado allá, sí.

—¿No recuerdas?

—Sí, claro que recuerdo.

—¿Recuerdas algo de mi mamá también?

—Pues, sí, muchas cosas. Mmm… a ver, ella se parecía a la de allá —Héctor señaló una foto amarillenta que colgaba en la pared encima de la chimenea. Era la foto de una niña que se parecía a Vega: cabello negro y rizado, ojos oscuros y preocupados que miraban directamente a la cámara. La niña llevaba puesto un abrigo verde que le quedaba grande; las mangas cubrían sus manos y la parte baja del abrigo se arrastraba por el suelo. En la cabeza llevaba un enorme sombrero de copa alta. Siempre que Vega preguntaba por su mamá, Héctor señalaba la misma fotografía.

—Héctor, por favor, mi mamá no puede verse así ahora. La de la foto es una niña.

—Sí, exactamente, una niña —murmuraba Héctor—. Le gustaba disfrazarse con mi ropa.

Los ojos de Héctor se volvían brillosos y se apartaban de la foto, la mirada se fijaba en algo más allá de la chimenea, al otro lado de la pared, en un mundo que ni siquiera Vega podía ver.

—¿Cómo era ella?

—¿Tu mamá? Maravillosa, una persona maravillosa. Pero tenía un temperamento terrible. Incluso de niña llegaba a ser fogosa, como una estufa de leña.

—Pero ¿cómo es ahora? ¿Dónde está?

—Buena pregunta. Difícil de responder. Seguramente, ahora le queda mejor el abrigo.

Más o menos hasta aquí llegaba Vega cada vez que preguntaba sobre su mamá. A Vega le resultaba extraño. Héctor, que sabía todo, parecía haber olvidado todo lo que tenía que ver con su mamá.

En la cabeza de Vega, su mamá era como una muñeca de papel. Una muñeca que Vega podía vestir con ropa y accesorios diferentes cada vez que llegaba a saber alguna cosa más sobre ella, pero Vega no sabía muchas cosas y hacía mucho tiempo que no había accesorios nuevos para la muñeca de papel. Desde hacía mucho, la muñeca de papel llevaba puestos un abrigo verde grande y un sombrero. Además, tenía cabello rizado y unas alas para poder salir volando cuando quisiera. A veces, las alas ardían. Héctor había dicho que la mamá de Vega era fogosa. Quizá la muñeca de papel en realidad debería ser un dragón que echara fuego y volara al mismo tiempo. Un dragón de papel que pudiera volar muy, muy alto. Sin hilo, a diferencia de los papalotes.

Héctor y Vega estaban sentados en el jardín tomando jugo de moras celestes recién hecho. Hacía sol y calor, por lo que la casa de Héctor, como siempre, se había encogido y transformado en una pequeña choza. No había de otra que quedarse en el jardín esperando que cayeran unas gotas de lluvia. Después de la escuela, Vega había ido directamente a casa de Héctor. Sabía que papá no estaría en casa, como era su costumbre últimamente.

—¿Héctor?

—Sí, pequeño fruto de mi imaginación —respondió Héctor mientras hacía burbujas grandes con su pajita en el jugo de moras celestes. Las burbujas flotaron por el jardín, alejándose cada vez más, hasta que una bandada de afableróptepteros salieron volando torpemente de un arbusto para atacarlas.

(En realidad, los afablerópteros no pueden volar muy lejos, pero les encantan las moras celestes y las burbujas.)

—Últimamente papá se está comportando de manera extraña —dijo Vega.

—Él siempre se ha comportado de manera extraña —dijo Héctor, acariciando un trespiés que pasaba por ahí—. Por lo menos, yo nunca entendí de dónde saca ese hombre sus caprichos.

—No, parece que algo pasó. No entiendo qué. Casi nunca está en casa y cuando está, es como si no estuviera. Además, apenas escucha lo que digo y se le olvida cocinar.

—¡Ajá! Comprendo perfectamente —dijo Héctor—. ¡Seguro que le dio un ataque al corazón! Dicen que puede pasar y que hacen que uno se vuelva completamente atolondrado y despistado, y que se te olviden las cosas.

—No está enfermo, sólo está raro.

—Mmm, pero precisamente eso es lo que le pasa a quien sufre de un ataque al corazón. La próxima vez que lo veas, escucha el palpitar de su corazón. Te apuesto que suena diferente a la última vez que lo escuchaste. Tal vez su corazón esté roto. ¡Estropeado!

Vega pensaba en el corazón de papá, hecho miles de pedazos. Si estuviera roto, seguro significaría peor mala suerte que si rompieras un espejo.

—¿Cómo se pudo haber roto? —preguntó ella.

—Se puede romper por varias razones. El corazón es complicado. Pero imagínate que él fuera un pulpo, ¡los pulpos tienen tres corazones!

—¿En verdad?

—¡Sí, claro que es verdad! De hecho, es bastante práctico, porque los tres corazones pueden romperse y sanarse por turnos. Los pulpos deben ser animales muy felices.

Vega se imaginó un pulpo muy feliz con tres corazones diferentes parpadeando en rojo, amarillo y verde, como semáforos. El rojo significaba que estaba roto; el verde, que estaba sano y el amarillo, que estaba a medio camino entre los dos.

—Hasta donde sabemos, tu papá tal vez no tenga tres corazones —dijo Héctor—, pero en todo caso tiene uno, y es muy grande. Esto es lo que sé con seguridad de tu papá. Puede que te resulte extraño, pero tiene un gran corazón. Cuando uno tiene un gran corazón, debes tener mucho cuidado, como cuando tienes una enorme tienda de porcelana. Si tuvieras una tienda de porcelana de tamaño normal, podrías vigilar todos los objetos todo el tiempo, pero si la tienda fuera enorme, sería mucho más difícil. En el sótano, tal vez, podría esconderse un elefante que pisara tus objetos de porcelana más valiosos sin que lo supieras. Quizá lo notarías mucho después y te darías cuenta de que hace tiempo que estás arruinado. Bueno, entiendes la lógica. Pasa exactamente lo mismo con tu papá.

A veces, la lógica de Héctor era demasiado compleja para Vega. Ella asintió y tomó un sorbo del jugo de moras celestes.

3

LA LECHE DEL RINOCERONTE ES ROSADA

NORMALMENTE, EL CAMINO a la escuela era un viaje sinuoso en el que Vega saludaba a un sinfín de animales emocionantes, pero aquel día el camino era recto y los animales no le hacían caso a Vega. Un castor asfáltico estaba dormido junto a un paso de cebra. Vega se agachó para rasgarle el bigote. Casi todos los días cuando Vega iba a la escuela, el castor asfáltico estaba dormido porque, como es bien sabido, a los castores asfálticos les cuesta levantarse por la mañana. Durante el invierno, duermen casi todo el tiempo, pero en un día de otoño soleado como éste por lo menos deberían despertarse más o menos a la hora de la comida para masticar el borde de la acera.

El día anterior, cuando Vega llegó a casa después de visitar a Héctor, papá estaba en casa. Los zapatos y la chamarra estaban tirados en el piso del recibidor y en la mesa de la cocina había un paquete de tortitas de espinaca congeladas.

—¡El horno está prendido! —dijo papá en voz alta desde su estudio.

El horno no estaba prendido. Vega se quitó la ropa de abrigo y se acercó de puntitas al estudio de papá. Cuidadosamente, abrió una rendija en la puerta. Ahí, papá estaba sentado en medio de un océano tormentoso de papeles.

—¿No cenaremos juntos? —preguntó Vega.

—Vega, no alcanzo —dijo papá zambulléndose más en el mar de papeles—. Estoy retrasado en el trabajo. ¿Por qué no comes unas tortitas de espinaca y luego sales al patio a saltar la cuerda? Eres buena para eso.

Sonó el teléfono de papá. Él lo buscó entre cuatro mil hojas de papel y, con la taza de café en la mano, le hizo señas a Vega para que cerrara la puerta.

Al pensar en el día anterior, Vega suspiró y le dio un puñado de grava a la cebra de paso. Ésta se estiró y dejó que Vega diera pasitos en sus rayas para cruzar la calle.

Tal vez el corazón de papá en verdad estaba mal. Ahora que Vega lo pensaba, parecía razonable que ése fuera el caso. Después de la visita a casa de Héctor, ella no dejaba de imaginarse el elefante que asechaba el corazón de papá haciendo trizas todos los objetos de porcelana olvidados ahí adentro. ¿Quién sería el elefante? ¿De dónde venía? Los tres corazones del pulpo: verde, amarillo, rojo. Un ataque al corazón. Vega se preguntaba si debía llamar a urgencias para preguntar si al sufrir de un ataque al corazón realmente era normal comportarse como lo hacía papá. Quizá debería preguntarle a él primero. Vega decidió que esa misma tarde, después de la escuela, lo preguntaría. Lo esperaría en casa e intentaría escuchar los latidos de su corazón, como había dicho Héctor. No debería ser muy difícil. Si tan sólo lograba abrazarlo el tiempo suficiente antes de que él desapareciera en algún lugar de la casa.

El edificio de la escuela era amarillo y de ladrillo, como en los viejos tiempos. La construcción era recargada y poco práctica, típica de los edificios antiguos. Estaba ubicado en el centro de

La Capital, arriba de una colina como un apretado gorro amarillo. Las ventanas del edificio eran numerosas, delgadas y altas; vitrales coloridos con ilustraciones de cuentos conocidos o historias divertidas de la región. Las canaletas que corrían desde el tejado de mármol hasta el suelo tenían forma de animales: leones, cerdos, caballos y serpientes, cuyos cuerpos se estiraban como largos tubos descendiendo por el muro. En la parte más baja, se encontraban las cabezas con bocas abiertas de par en par, fauces cansadas y petrificadas destinadas a echar agua sobre la colina para siempre.

Los pasillos dentro del edificio, en lugar de ser rectos, iban en zigzag con el objetivo de formar más rincones dondc poner pedestales con bustos. Los techos, hasta en el cubículo más minúsculo, estaban cubiertos con pinturas de ángeles y serafines, y en los pisos había mosaicos hermosos, incluso en los baños.

Grandioso era sólo el principio, lo cual también señalaba el nombre completo de la escuela: *la Grandiosa Escuela Primaria de la Isla Jirafa*, pero la gente casi siempre se refería a ella como «la escuela».

Los salones del tercer año se encontraban en un pasillo largo en el primer piso. Los salones se llamaban la Goleta, el Bergantín y el Queche, y estaban decoradas con diferentes tipos de objetos marinos. La Goleta estaba diseñada como una nave, con salvavidas, redes de pescar y sogas colgando de las paredes. Dentro del Queche había un verdadero mascarón de proa junto al pizarrón, y el Bergantín estaba equipado con un timón muy grande donde se podía jugar al capitán navegando un buque. En la Isla Jirafa, era común decorar con algo relacionado con la navegación para hacer que un espacio se viera bonito.

Dentro del Bergantín estaba a punto de empezar la *Hora divertida*. Una vez por semana, una hora de clase estaba de-

Skola

dicada a la diversión y durante ésta cualquier cosa podía pasar. A veces, jugaban a adivinanzas o veían películas, en otras ocasiones hacían el juego de la silla. A Vega le gustaba mucho la *Hora divertida*. Esperaba que ese día en particular pasara algo fuera de lo común.

—La hora divertida empieza... ¡AHORA! —gritó miss Lela y todo el salón se quedó en silencio. Miss Lela era una mujer muy grande, tenía el cabello recogido en un moño apretado arriba de la cabeza, y llevaba vestidos llamativos que a Vega le hacían pensar en el jardín de Héctor. Miss Lela era firme y poco simpática, pero a Vega le caía bien. Miss Lela tenía una mirada penetrante con la capacidad de poner en su sitio a cualquier bravucón y su voz era como un látigo, pero si la mirabas a los ojos, podías ver —a través de unas ocho capas de dureza— una pequeña luz de amabilidad. Vega sabía que miss Lela en realidad era buena persona. El caso era que miss Lela era como una cebolla a la que le tenías que quitar varias capas (y que a veces te hacía llorar). Además, se parecía a un rinoceronte.

—Hoy en la *Hora divertida*, cada uno de ustedes tendrá un nuevo amigo por correspondencia —dijo miss Lela y suspiró aburrida—. La idea es que se escribirán con este amigo durante todo el semestre, una carta a la semana. Leeré las cartas, las corregiré y las enviaré. ¡Nada de trampas!

Un amigo por correspondencia. Un amigo. Esta *Hora divertida* empezó bien.

—Entonces, a cada uno le daré una carta de mi canasta. Casi todos los niños que les han escrito son de Tierra Firme. Bueno, todos, menos una niña que quiere aparentar algo diferente y ni siquiera va a la escuela.

Miss Lela suspiró y murmuró algo sobre las reglas laxas, la educación en el hogar y las papas calientes.

—Estos tierrafirmenses les escribieron cartas a ustedes sin saber quién sería el destinatario. Ahora les toca a ustedes aprovechar esta amistad que se les ofrece. Entonces, ¿cómo se hace? ¿Cómo se escribe una buena carta? Eso se los voy a contar.

Vega agarró su lápiz. Había esperado el día en que aprendería cómo hacer amigos.

Miss Lela anotó algo en el pizarrón, con una letra sorprendentemente rebuscada para alguien tan dura como ella, y mientras escribía pronunciaba las palabras en voz alta. Al terminar, dejó caer el gis al piso. En el pizarrón estaba escrito:

Cómo escribir bien una carta:

1. Inicia con una frase de introducción: *Hola, Buen día* o *Querido/Querida…* está bien.
2. Muestra interés por el otro. Pregúntale cómo le va o cómo está. Es preferible hacerle un cumplido.
3. Comenta todo lo que el amigo por correspondencia escribió en la carta anterior. Si escribió que iría de viaje, pregúntale cómo estuvo.
4. Cuéntale de ti: tus intereses, tu familia, los libros que leíste. Por cada cosa que cuentes, recuerda hacerle una pregunta; el amigo por correspondencia podría llegar a aburrirse si sólo escribes sobre ti.
5. Dibuja una imagen, si sabes dibujar; si no, olvídalo.
6. Termina con una frase de despedida, por ejemplo: *Saludos cordiales* o *Que estés bien* o, para las personas más ambiciosas, ¿por qué no *"So long"*?

Vega anotó todo en su libreta lo más rápido que pudo.

Luego, miss Lela dio una vuelta por el salón con su canasta que estaba llena hasta el borde con sobres sin dirección en la parte delantera. Sólo decían "De Kalle" o "Para un isleño" o no decían nada. Todos los compañeros escogieron una carta.

Vega esperaba con el brazo suspendido en el aire a que miss Lela llegara a su pupitre. Tantos posibles amigos futuros y ella sólo podía escoger uno. Isak, sentado al lado de Vega, estiró el brazo por encima del hombro de Vega y escogió una carta al azar.

—Vega, apúrate ya —dijo miss Lela—. Se llama la *Hora divertida*, no "el año divertido".

Había una carta que miraba a Vega desde el fondo de la canasta. Estaba arrugada y sucia y no tenía nada escrito en la parte delantera. Palpitaba como un corazón. Vega estiró la mano para agarrarla entre todas las demás cartas que estaban bostezando a la espera de ser escogidas. La carta latía cada vez más rápido y, de pronto, voló hasta la mano de Vega.

Una carta que era sólo para Vega. Ella no podía recordar si alguna vez en su vida había recibido una carta, excepto las que Héctor solía esconder en el árbol de mensajes en botellas y que dejaba que Vega leyera cuando las botellas a su alrededor maduraban. A Vega le emocionaba mucho leer las cartas, a pesar de que sabía que Héctor las había escrito todas. Esta vez, recibía una carta de verdad, una carta que había llegado por correo, de su propio amigo. Vega se apuró a abrirla.

Hola, Alguien:
¿Cómo estás? Yo estoy bien. ¿Quién eres?

Me llamo Janna, tengo nueve años y dos meses. Vivo en un circo. Viajamos por todo el mundo con nuestros espectáculos. No participo en las funciones; sólo sé hacer un poco de malabarismos. Pero mis madres trabajan acá, así que tengo que viajar con ellas. Tengo dos madres, como si una no fuera suficiente. Una se llama Katja y es la directora del circo. También se encarga de que yo haga la tarea, es algo así como mi maestra. Mi otra madre se hace llamar Fénix y trabaja con los animales en el circo.

¿Es divertido vivir en la Isla Jirafa? ¿Hay mucha gente? ¿Tienes muchos amigos normales? A mí me gustaría ir a una escuela normal, tener compañeros de clase y jugar con ellos durante los recreos. Vivir en un circo no es tan divertido como podría parecer. Aquí hay pocos niños y es imposible hacer nuevos amigos porque cada semana viajamos a otro lugar.

¿Tienes alguna mascota? Yo no, pero acá en el circo hay muchos animales divertidos con los que puedo jugar de vez en cuando, aunque sólo en compañía de Fénix. Me gustaría tener un perro o quizás unos periquitos.

Me alegra que seamos amigos, aunque no te conozco. Anoto la dirección del lugar donde estaremos la próxima semana, para que sepas adónde enviar tu carta.

Saludos,
Janna

Vega leyó la carta tres veces. Era lo mejor que había leído en toda su vida. Janna. Pensar que existía alguien como ella. ¿Cómo era posible que alguien que vive en un circo, que debe ser el lugar más divertido del mundo para vivir, añorara algo tan aburrido como ir a una escuela normal? ¿Cómo la vida podría ser tan injusta como para darle a Janna dos madres y a Vega, ninguna?

De nuevo, miss Lela recorrió el salón de un extremo al otro con su canasta, que esta vez había llenado con papeles de diferentes colores, pegamento, crayones y hasta plumas fuente, para quienes quisieran impresionar a su amigo por correspondencia.

—Entre más bonito escriban, mejor será la amistad —decía miss Lela.

Vega escogió un papel de seda amarillo para estrujarlo y convertirlo en flores y un montón de pegamento con brillo para poder pegar las flores a la carta. La carta de Janna estaba palpitando sobre el pupitre. Vega tomó la pluma fuente con la punta más fina y escribió con la letra más bonita que pudo:

Hola, Janna:

¿Cómo estás? Yo estoy bien. Qué bonito nombre tienes.

Me llamo Vega. Vivo con mi padre en un rascacielos de tres pisos acá en La Capital de la Isla Jirafa. ¿Alguna vez estuviste en un rascacielos? Mi padre casi siempre es buena persona. No tengo madre o, por lo menos, no la recuerdo. Qué lujo que tengas dos. ¡Y que vivas en un circo!

No es muy divertido ir a una escuela normal. Yo preferiría vivir en un circo, pero a pesar de todo acá está bien.

En mi tiempo libre me gusta visitar a mi abuelo y correr por su jardín, y dibujar. ¿Qué te gusta hacer? ¿Te gusta dibujar?

Tengo un montón de mascotas, pero mi papá no sabe de ninguna. Me gustaría tener un perro y creo que a papá le gustaría también, pero dice que está demasiado ocupado. Papá nunca está alegre y creo que él estaría mejor con una mascota que pudiera ver. O quizá con una madre.

Aquí tienes un dibujo que hice de un rinoceronte con lunares que estaba comiendo helado en el comedor de la escuela el otro día. ¿Sabías que la leche del rinoceronte es rosa-

da? Eso dice mi abuelo. No sé si sea cierto, pero por lo menos parece que le gusta el helado.

¡Espero saber de ti pronto!

Saludos cordiales,
Vega

Al terminar la carta, Vega fue a la mesa, donde miss Lela estaba sentada con el bolígrafo rojo en mano. Leyó la carta de Vega con las cejas levantadas y luego anotó un número en su libreta.

—Simple, pero bien— dijo secamente.

Las mariposas dieron volteretas en el estómago de Vega mientras ella regresaba a su lugar.

Vega estaba tan emocionada por lo que había pasado en la *Hora divertida* que estuvo a punto de olvidar que al llegar a casa le esperaba una misión muy importante. Las mariposas en el estómago cuchicheaban y murmuraban sobre Janna, los circos y un futuro lleno de emoción. Parecía que querían salir volando y que podrían levantar el cuerpo de Vega del suelo. Los rayos del sol caían sobre el pavimento y por el pasto de los jardines de las casas bailaban los gatos de sol moviendo sus colas al compás. Los castores asfálticos construían diques de grava en las aceras, así que Vega tuvo que zigzaguear para evitarlos. Vega reía. Moría de ganas de contarle a papá lo de Janna.

Un pulpo abrazaba un semáforo con todos sus brazos. Vega vio los tres corazones que parpadeaban: verde, amarillo, rojo. Vega recordó el corazón de papá.

Vega estaba a punto de llegar a casa cuando sus pies de repente se quedaron parados. Un auto desconocido estaba estacionado junto a la puerta de la entrada. Era blanco y reluciente, tenía ojos rasgados que no parecían fijarse en nada. En el suelo, junto a la llanta delantera, se veía un destello a la luz del sol. Vega se acercó y se agachó. Era un pedazo de... hielo. El aire estaba tibio, aún era verano. En los árboles, los pájaros gorjeaban, pero en el suelo, junto a la llanta del auto blanco, había una pequeña mancha resplandeciente de hielo.

Al entrar en el departamento, Vega cerró muy cuidadosamente la puerta detrás de ella. Papá estaba en casa. Vega oía el susurro de voces de la cocina. No había ruido de sartenes, ni chisporroteo, ningún olor a comida. Sólo había silencio y algo extraño. Una ráfaga helada atravesó el recibidor y Vega se estremeció.

—¿Vega? ¿Eres tú?

La voz de papá.

Vega se puso del color del papel tapiz del recibidor, pero dio unos pasos hacia la cocina.

—¿Estás ahí? Vega, entra, hay alguien aquí que quiero que conozcas.

Vega dio los últimos pasos hasta la puerta de la cocina. Allá, papá estaba sentado en la mesa de la cocina con los nubarrones de lluvia en desorden y, delante de él sobre la mesa, un plato con migas. A su lado, había una mujer con largo cabello negro y ojos claros. Ella miró a Vega y sonrió. Otra brisa helada atravesó el cuerpo de Vega.

—Vega —dijo papá—, ella es Viola.

4

LAS RANAS BEBEN POR LA PIEL

A LAS AFUERAS DE LA CIUDAD —no donde estaba la casa de Héctor ni donde había vivido el hombre sin rostro, sino por el lado del hocico de la jirafa—, había un terreno abandonado con viejas fábricas. Las fábricas ya no estaban en uso, ya que casi todo lo que se vendía en la Isla Jirafa últimamente llegaba de Tierra Firme en enormes buques de carga atiborrados con contenedores.

Alrededor de las fábricas, crecían el pasto polvoriento que nadie cortaba, los árboles torcidos y los montones de basura. Muchas de las ventanas de los edificios estaban rotas y a través de ellas se vislumbraban máquinas oxidadas que ya nadie sabía cómo usar. Las ratas y los campañoles habían hecho sus nidos dentro de los hornos y en las salas de controles, y algunos hámsteres fugitivos usaban los engranajes y las viejas bandas transportadoras como equipo de entrenamiento.

Una sola fábrica parecía mantener algún tipo de actividad. Al menos desde fuera parecía ser así, porque todas las noches ascendían al cielo grandes anillos de humo que salían del edificio. Era la vieja fábrica de pasta de dientes. Estaba situada entre la vieja fábrica de galletas y una pradera, e igual que las otras fábricas estaba cubierta de hiedra y ramas de árboles

que se habían metido entre los ladrillos. La fábrica lucía igual de abandonada que las otras fábricas de la zona, salvo por los anillos de humo. Pero si uno caminaba al atardecer por el terreno abandonado de las fábricas —algo que sólo hacían las ratas y los ciervos, por cierto—, se podían ver luces en las ventanas de la planta superior. Y aunque el transeúnte no se fijara ni en los anillos de humo ni en la luz, no podría evitar oír la música que todas las noches salía de la planta superior de la fábrica de pasta de dientes.

Allá vivía Nelson Frans. La música provenía de la radio que la madre de Nelson solía encender en la cocina cuando llegaba a casa, después de trabajar. Ella siempre buscaba el canal con más música porque odiaba escuchar a la gente hablar, solía decir. Subía el volumen a tope, abría la ventana de la cocina y encendía un cigarro. La señora Frans era muy buena haciendo anillos de humo que salían flotando por la ventana y ascendían al cielo como donas grandes y vaporosas. Ella sabía hacer una serie interminable de anillos de humo continuos. Si estaba de buen humor, también podía hacer cuadrados que Nelson intentaba atrapar en botes de cristal. La madre de Nelson a veces soltaba una risa seca y, en esos casos, exhalaba humo en forma de una sonrisa. Sin embargo, esto pasaba muy rara vez y Nelson tenía un solo frasco con sonrisas de humo. Por otro lado, Nelson había juntado varios botes con cuadrados y tenía un armario lleno de botes con anillos de humo de diferentes tamaños.

De hecho, Nelson tenía toda una habitación llena de botes y cajas que contenían diferentes colecciones. En su habitación, había un estante con granos de arena de formas particulares, una caja donde Nelson guardaba globos rotos y una carpeta llena de tarjetas para rascar que había encontrado en el suelo.

Además, Nelson tenía varias cajas de fósforos que contenían arañas muertas descansando sobre lechos de algodón y una colección muy impresionante de pelusas de polvo guardadas en una vieja caja de zapatos. Nelson estaba muy orgulloso de su colección y trataba a las pelusas con mucho cuidado para que no se rompieran. También tenía una grabadora que llevaba a todos lados. Con ella grababa diferentes risas divertidas. Tenía treinta y dos. La número dieciséis era su favorita. Era de su profesora, miss Lela. Cuando uno de los chicos del salón se tropezó con sus propios cordones durante *La hora divertida* y se cayó de bruces, ella empezó a reír descontroladamente. La risa de miss Lela sonaba como el relincho de una excavadora y Nelson se reía cada vez que escuchaba la grabación. Otra favorita de Nelson era la número tres, que era la risa de su padre. El señor Frans tenía una risa bulliciosa, como cuando se toca el tambor.

Sin embargo, lo más importante de la colección de Nelson, probablemente, era su libreta con datos interesantes que siempre llevaba en el bolsillo. La libreta era roja y desgastada, amarrada con un cordón. En la tapa de la libreta estaban bien grabadas con lápiz las palabras: *Los datos interesantes de Nelson*. Nelson lo había escrito con la letra más fina que pudo. Llevaba años con la libreta y en ella anotaba a mano cada cosa interesante, extraña o loca con la que se encontraba en el camino. Había muchos datos de animales, porque Nelson pasaba más tiempo con animales que con humanos, y los animales hacen cosas locas. Las personas también, pero es difícil darse cuenta de que lo hacen, ya que las personas saben ocultar el hecho de que están locos mejor que los animales. En la libreta de Nelson, por ejemplo, una página completa estaba dedicada a las ranas. Entre otras cosas, decía: "Las ranas no pueden tragar con los ojos abiertos" y "Las ranas beben absorbiendo el agua por la piel". Eran datos que Nelson había adquirido al pasar todo un día boca abajo con su lupa a la orilla de una charca de ranas en el bosque.

Los datos interesantes de Nelson también contenía datos acerca de las arañas, los tejones, las polillas, los maestros de matemáticas, la grava, los peces globo, el papel, los periquitos, las madres, la suciedad, los hámsteres, el espacio exterior, las paletas heladas, los perros, los teléfonos, el alambre, las serpientes, el amor, los gorriones, los autos, los caracoles, el cabello, las jirafas y las bellotas. En realidad, en *Los datos interesantes de Nelson* había respuestas a todo lo que alguien alguna vez se pudiera preguntar. Si todos tuvieran su libro, nadie tendría que ir a la escuela.

Nelson no tenía hermanos, pero tenía una perra. No era cualquier perra: se llamaba Flor y era una mezcla entre Desconocido y Enorme. El pelaje era dorado y se rizaba en su cuello, los ojos eran amables y las orejas, suaves. Era del tamaño de un pequeño caballo. Hasta hacía unos años, Nelson había ido a la escuela montado en Flor, pero el último año a Nelson le habían crecido tanto las piernas que cuando se sentaba en el lomo de Flor sus pies se arrastraban por el suelo. Nelson era el más alto de su salón, era incluso el más alto de todos en el tercer año. Por otro lado, había cursado el tercer año unas cuantas veces.

Flor, la perra enorme, era quien se encargaba de que Nelson llegara a tiempo a la escuela. Lo despertaba, lo ayudaba a vestirse (siempre con la misma ropa: un overol azul claro) y ponía cereal y leche en la mesa. Además, Flor se encargaba de echar la ropa sucia a lavar y le cortaba las uñas a Nelson cuando ya estaban demasiado largas. Tan sólo era así, Flor hacía todas esas cosas. No era porque la mamá de Nelson no se preocupara por él; lo hacía, a su manera. Simplemente, Flor se preocupaba más.

Como Vega, Nelson estaba en el tercer año, pero en otro salón. Nelson estaba en el Bergantín, el salón que estaba al lado de la Goleta. La Goleta y el Bergantín tenían la misma maestra, miss Lela, quien iba y venía entre los salones vociferando las tareas. A veces, ella no tenía fuerzas para ir de un salón a otro, así que gritaba a todo pulmón para que su voz se escuchara a través de la pared. Muy a menudo gritaba el nombre de Nelson porque sabía, aunque ella no lo podía ver, que él seguramente estaba haciendo alguna travesura al otro lado de la pared. Nelson siempre tenía la culpa.

¿Acaso Nelson tenía la culpa de que hubiera tantas cosas más divertidas que ir a la escuela? ¿De que todos los libros que leían en clase fueran mucho peores que *Los datos interesantes de Nelson*? ¿De que ninguno de los otros niños pareciera saber nada de lo que decía *Los datos interesantes de Nelson* —lo cual, sinceramente, era un escándalo— y Nelson todo el tiempo tuviera que informarles a todos de un montón de cosas? ¿Acaso él tenía la culpa de que todavía no supiera leer la hora y por eso siempre llegara tarde a clase? ¿O de que, por la misma razón, no se acostara a tiempo, sino que se quedara despierto toda la noche? No era tan malo, ¿o sí? Había tantas cosas emocionantes que hacer por la noche. Si miss Lela tan sólo supiera. Nelson tenía la costumbre de cazar luciérnagas con una red en el bosque que rodeaba las fábricas o contar los ronquidos que se escuchaban desde la habitación de sus padres. Cuando llegaba a cien se comía una ciruela pasa. Cuando su padre estaba en casa, en una sola noche, Nelson se comía muchas ciruelas pasas, pero cuando su padre no estaba, a Nelson le tocaba una ciruela pasa aproximadamente cada diez minutos.

Nelson siempre estaba en busca de datos divertidos para anotarlos en su libreta. A veces deambulaba por la ciudad sólo para observar. Nunca se fijaba por donde caminaba y aunque era una ciudad pequeña, donde Nelson había vivido toda su vida, nunca había aprendido a encontrar el camino. Tal vez se debía al hecho de que siempre miraba hacia abajo, al suelo, o hacia arriba, a las copas de los árboles, en lugar de al frente. Así que le tocaba a la perra Flor estar al tanto de por dónde andaban y guiar a Nelson a casa, la fábrica de pasta de dientes, cuando le daba hambre o se cansaba.

Todas las mañanas, Flor llevaba a Nelson a la escuela y se quedaba esperándolo en el linde del bosque frente a la escuela hasta el fin de la jornada escolar. Se acostaba entre los árboles para que los otros niños no la vieran durante el recreo. La gente, sobre todo los adultos, se asustaban cuando veían a Flor porque ella era muy grande. Una vez, miss Lela estaba parada en las escaleras de la entrada justo cuando Flor dejó a Nelson en la escuela. La maestra tenía la mirada fija en el bosque y vio a Nelson bajar del lomo de Flor y darle un abrazo. Miss Lela se quedó sin aliento, dejó caer la canasta llena de manzanas y sus carpetas se dispersaron por la grava del patio escolar. Parecía que miss Lela estaba a punto de gritar y Flor se escondió lo más rápido que pudo entre la maleza. Miss Lela se estremeció y cerró los puños. Aunque hubiera querido darle escape a su miedo gritando "¡Auxilio! ¡Un perro enorme! ¡Llamen a la policía!", lo único que salió de su garganta fue un estruendoso: "¡¡Nelsoooon!!".

Flor se acomodó en una arboleda. No le importaba que le tuvieran miedo. No necesitaba el amor de los demás mientras estuviera con Nelson para cuidarlo.

A diferencia de Nelson, Flor tenía un excelente sentido de la orientación y sabía llegar a casa, la fábrica de pasta de dientes, desde cualquier lugar de la ciudad. Últimamente, Nelson había empezado a vagar por la zona del Monte de los Pilotos de Puerto, cerca del puerto de los ferries. Al parecer, por allá había un gran número de animales interesantes que él quería investigar. Todos los días después de clases, Nelson se iba para allá y no quería regresar a casa hasta el anochecer. Por muy lejos que se fuera zigzagueando entre los pinos y la maleza con la mirada fija en el suelo, la perra siempre lo tenía vigilado.

5

LAS ESTRELLAS DE MAR NO TIENEN CEREBRO

VEGA HABÍA ENCONTRADO el elefante que causaba estragos y había roto todas las cosas frágiles dentro del corazón de papá: Viola. ¿De dónde venía? ¿Qué quería?

Había pasado una semana desde aquel día en que Vega llegó a casa y por primera vez vio el auto blanco y el trozo de hielo. Ahora, casi todos los días el auto blanco y reluciente con ojos rasgados y mirada vacía estaba estacionado en el mismo lugar. La mancha de hielo crecía. Desde que Viola empezó a visitar la casa, todo el departamento se había vuelto más frío. Pasaban ráfagas heladas por el recibidor a pesar de que todas las ventanas estaban cerradas y al abrir el refrigerador parecía que se abría la puerta al verano de un país tropical. Cuando Viola estaba en casa, Vega solía pararse junto a la puerta abierta del refrigerador para calentarse. Parecía que el frío no le importaba a papá. Por lo general, las nubes arriba de su cabeza eran blancas como bolitas de algodón, aunque tenían una franja de escarcha. Las nubes estaban quietas, pero a veces caía ligeramente uno que otro copo de nieve. Los ojos de papá estaban perdidos en la lejanía.

Vega había intentado escuchar el corazón de papá como había sugerido Héctor. Una noche cuando papá estaba sentado leyendo un libro, Vega se acercó de puntitas a su espalda y puso el oído lo más cerca que pudo sin rozar la camisa. Un latido sordo como una pelota de tenis contra un muro. No parecía haber nada malo en la manera en que palpitaba el corazón de papá, el ritmo era regular como el tictac de un reloj. Aun así, papá ya no era el mismo de siempre. Había cambiado.

El círculo que papá dibujaba con tiza alrededor de la mesa de la cocina cuando se sentaban a cenar estaba borroso y olvidado. Sin una frontera clara, los animales asolaban la mesa y en cualquier momento podían robar comida de los platos. Sin embargo, papá no se daba cuenta de nada. Había dejado de cantarle a Vega por las noches. Vega estaba consciente de que, en realidad, ella era demasiado grande para las canciones de cuna, pero no le importaba; la canción para dormir era una de las cosas que ella compartía con papá. Los dos juntos tenían las cenas y la canción por la noche. Él entraba en la habitación de Vega todas las noches a la misma hora cuando ella ya estaba acostada bajo el edredón, con la luz apagada. Papá siempre cantaba la misma canción. Era una melodía sencilla, que él cantaba lentamente y un poco desafinado, pero para Vega era lo más hermoso que conocía.

Después del anochecer
Todo lo que no puedo ver
Empieza a cobrar vida
En la noche que sigue al día

Todo principio llegará a su fin
Se enredan las cosas en el jardín
Yo sé que es la llegada
De la mañana más esperada

Hacía varias semanas que papá no cantaba la canción a Vega. Él estaba en las nubes y Vega no tenía ni idea de qué hacer para que él volviera a ella.

La presencia de Viola en el departamento era realmente como la de un elefante en una tienda de porcelana. Todo lo bonito se rompía; era imposible ignorarla y seguir adelante como si nada. A pesar de eso, Vega no podía hablar con papá porque Viola casi siempre estaba ahí. Algunos de los animales de Vega también se retiraban a la habitación de Vega y casi no se atrevían a salir. Se acurrucaban allí, abrazándose y dejando crecer pelajes tupidos para protegerse del frío. Algunos días, sólo aparecían los osos polares, pero ni siquiera ellos querían salir al recibidor ni mucho menos ir a la cocina y, si veían a Viola, venían corriendo de regreso a la habitación de Vega y cerraban la puerta tras de ellos, como si Viola los pudiera ver.

Viola podría haber sido hermosa, por lo menos si Vega la viera a en una pintura. Su piel era pálida, en algunos lugares casi transparente, como en el cuello, donde se vislumbraba el ramaje fino de sus venas. Pero las venas no eran azules o moradas como normalmente lo son, sino que lucían plateadas por debajo de su piel. Viola tenía contornos afilados, como si estuvieran dibujados con tinta, y su cabello negro corría por su espalda como un suave velo. Sus ojos brillaban como estrellas. No se podía fijar la mirada en ellos porque eran tan claros que cegaban. Después de intentar mirar a Viola a los ojos, Vega no veía nada durante un buen rato.

Viola no dejaba en paz a Vega. Insistía en preguntarle un montón de cosas: cómo le iba en la escuela y si a Vega le gustaban los panqueques, qué libros leía y cuál era su película favorita. Vega deseaba que Viola no intentara ser amable con ella. Sólo quería que Viola desapareciera y que todo volviera a ser como antes.

Vega no le había contado a papá de Janna, su nueva amiga por correspondencia. Si todo fuera como antes, no hablaría de otra cosa. Tan pronto como hubiera llegado a casa, Vega le habría mostrado a papá la carta de Janna y él se habría iluminado, y tal vez incluso hubiera aparecido un solecito entre las nubes encima de su cabeza. La presencia de Viola construía un muro entre papá y Vega. Vega ya no podía hablar con él, ni siquiera de que había hecho una amiga. Incluso ella misma casi lo había olvidado.

Por eso, un día en que Vega regresó a casa después de la escuela, tardó en darse cuenta del sobre que la esperaba en el recibidor. No se parecía a ninguna de las otras cartas, las que tenían ventanas donde mostraban el nombre de papá. Las cartas que venían en sobres con ventanas eran delgadas e indiferentes, cansadas de sólo comunicar números aburridos. No querían otra cosa que descansar sobre el tapete del recibidor con los ojos cerrados. Esta carta, en cambio, tenía muchas cosas que decir. Parecía que estaba conteniendo la risa y que tenía ganas de bailar. El topo que vivía bajo el tapete del recibidor se acercó a olfatear la carta y la carta olfateó al topo. El sobre tenía calcomanías con mariposas y flores, y el nombre de Vega estaba escrito en letras grandes y rojas.

—Vega, ¿eres tú?

La voz de Viola era como una campanita de cristal que atravesaba las paredes. Vega se apresuró a recoger la carta y la escondió en su mochila.

—¡Te preparé unos sándwiches!

Vega odiaba cuando Viola le preparaba la comida. Aunque Viola la acabara de sacar del horno, siempre estaba fría.

Viola salió al recibidor con los sándwiches en un plato. Vega miró las rebanadas de pepino y queso heladas y tiesas.

—Gracias —dijo—, pero no tengo hambre.

—Vega, no seas grosera ahora que Viola se esforzó por ti.

Papá apareció en la puerta de la sala. Vega no estaba segura de si él acababa de aparecer o si había estado ahí todo el tiempo. Por alguna razón, Vega esperaba que no hubiera visto que ella había recogido la carta de Janna.

—No pasa nada —dijo Viola y puso una mano en el hombro de Vega.

Vega se estremeció y sin querer dio un paso hacia atrás.

—¡Vega!

La voz de papá de pronto se volvió rápida como un látigo. Vega se frotó la mejilla.

—Ahora, pídele disculpas a Viola —dijo papá—. Ésa no es manera de comportarse.

Vega bajó la mirada y la fijó en el tapete. Intentó levantar la mirada para ver a Viola a los ojos, pero no pudo; era como mirar directamente a uno de esos horribles tubos fluorescentes que había en la oficina de papá. La mirada de Vega llegó hasta el cuello de Viola, donde las venas plateadas serpenteaban como gusanos.

—No hay problema, Arón —dijo Viola con una risa corta que le dio escalofríos a Vega—. Si Vega no tiene hambre, yo misma me comeré los sándwiches. ¿Quieres uno?

Papá agarró uno de los sándwiches del plato. Horrorizada, Vega vio cómo papá lo llevó a su boca y dio un bocado grande del trozo de pan congelado. Crujía cuando masticaba, como si tuviera pedazos de cristal en la boca.

—Mmm, ¡está delicioso! —dijo fijando la mirada en Viola con una sonrisa llena de migas congeladas. Sus labios eran completamente azules y cada vez que masticaba el frío se esparcía por su cara. Él miró a Viola a los ojos durante varios segundos, pero al parecer la mirada de Viola no lo cegaba para nada. Luego, se volvió para ver a Vega. Ahora los ojos de papá eran más claros, y era más difícil fijar la mirada en ellos.

—Vega, deberías probar uno de los sándwiches de Viola —dijo—. No has comido. Toma.

Papá agarró el plato con los sándwiches y lo ofreció a Vega. Las nubes arriba de su cabeza estaban quietas y alrededor de éstas revoloteaban copos de nieve. Su rostro era blanco, casi como el de Viola.

—Agarra uno.

Vega ya no podía sostener la mirada en los ojos de papá. Sin querer, su mirada se fijó en los ojos de Viola. De inmediato, se cegó y tuvo que bajar la mirada. Manchas ciegas bailaban ante sus ojos, parecían ovejas lanudas.

—Voy… voy a hacer la tarea —tartamudeó Vega y retrocedió atravesando el recibidor hasta su habitación. Cuando cerró la puerta, Viola y papá se quedaron petrificados con el plato de sándwiches estirado.

Cuando Vega se desplomó en la cama, aún tenía puestos los zapatos y la chamarra. Papá se estaba congelando bajo el poder de Viola, y Vega no sabía qué hacer para ayudarlo. Los osos polares que se escondían bajo el edredón la ayudaron a quitarse la ropa de abrigo y la abrazaron. De pronto, Vega se dio cuenta de que algo dentro de su mochila estaba haciendo bulla y moviéndose. Sonaba como si un animalito allí dentro susurrara e intentara salir. ¡La carta de Janna! Vega abrió la mochila, la carta salió volando y aterrizó en sus manos. Vega sostuvo la carta un rato en las manos; ronroneaba como un gato. Estaba calientita y suave, y era sólo para ella.

Hola, Vega:

¿Cómo estás? Yo estoy bien.

¡Qué bien sabes dibujar! Me pareció muy bonito tu dibujo del rinoceronte y de inmediato lo colgué en nuestro vagón, arriba de mi cama. Por favor, ¿me podrías mandar más dibujos?

Yo no soy muy buena para dibujar, pero suelo cantar con mis madres. Fénix canta muy bien. También me gusta hacer crucigramas y mirar a los acróbatas cuando ensayan.

Bueno, es divertido tener a dos madres, aunque también me gustaría tener hermanos o, por lo menos, otros niños con quienes jugar aquí en el circo. ¿Quizá puedas visitarme alguna vez? El próximo mes estaremos en Ciudad Real. Averiguaré las fechas exactas para que puedas venir a ver nuestro espectáculo.

También me gustaría ir a Isla Jirafa alguna vez, porque nunca me he bañado en el mar. ¿Es divertido o peligroso? ¿Hay lucios y tiburones que te muerden los dedos del pie, como dice mi mamá? Si fueras una estrella de mar, no tendrías que temer porque, si perdieras un brazo, te volvería a crecer, e incluso podría crecer otra estrella de mar completita. Extraño, ¿verdad? ¡Imagínate que creciera una nueva persona del dedo de tu pie! Entonces tendríamos a una gemela, que es casi lo mismo que tener a una hermana. Si no, no sería muy divertido ser una estrella de mar porque ellas no tienen cerebro.

Te mando una foto que recorté de una revista de un pato con lentes de sol.

¡Espero que me escribas pronto! Adjunta te envío nuestra nueva dirección.

Saludos,
Janna

Vega leyó la carta tres veces, justo igual que como lo había hecho con la carta anterior. Deseó que Janna creciera como su gemela del meñique del pie, para que pudieran estar juntas todo el tiempo.

Vega decidió no decirle nada de esto a papá. Janna sería su secreto. Dentro de poco, ella estaría en Ciudad Real de Tierra Firme. Vega podría fugarse para ir hasta allá, al circo de Janna, huir de Viola y papá, que ya no era papá. Podría quedarse allá para siempre, lejos del frío departamento. Se llevaría todos los animales, y tal vez a Héctor también, dejando la Isla Jirafa atrás, así sin más.

Pero era imposible. No podría dejar que papá se muriera de frío junto a Viola.

Afuera había empezado a llover, y el olor a hojas mojadas llegaba hasta el tercer piso. Incluso, por su olor se notaba que las hojas estaban cambiando de color, de verde a amarillo y rojo. El verano y el calor estaban desapareciendo, y papá también. Vega tenía que hacer algo para que él volviera a ella.

Pero ¿qué?

6

LA LENGUA DE LA JIRAFA ES AZUL

—COMPRENDO, PARECE que ya no se trata de un ataque al corazón —dijo Héctor pensativo, y rompió una rama de un arbusto de mariposas y se la dio a Vega. Las flores en la rama desplegaron sus alas y volaron por el aire alrededor de Vega y su abuelo antes de revolotear más arriba y dispersarse por el cielo.

—Creo que no —contestó Vega—. Papá cambió mucho. Deberías verlo, se ve del todo azul y blanco. Creo que está muriendo de frío.

—No me parece que sea el caso —dijo Héctor—. Rara vez la gente muere de frío así sin más. A menos que sea la era glacial, por supuesto.

Como de costumbre caminaban muy lento por el jardín porque Héctor insistía en llevar su andadera y no rodaba muy bien por el pasto. A veces, Vega se preguntaba si en realidad a Héctor le costaba caminar sin ella. Al fin y al cabo, él era bastante viejo, aunque Vega no sabía cuántos años tenía. Ni siquiera Héctor parecía saberlo muy bien.

—Cuatrocientos o cuarenta, algo en el medio —solía responder cuando Vega preguntaba.

—La verdad es que el caso de tu padre es un gran misterio —dijo Héctor—. Deberías contratar a un detective para el cometido. Si quieres, les puedo preguntar a mis agentes.

—Sí, tal vez —dijo Vega.

Pasaron por el montón de piedras, donde crecían plantas gorro de gnomo. Éstas parecían pequeños gorros de gnomo rojos que se asomaban entre el musgo que crecía en la parte superior de las piedras. Vega nunca había visto una planta gorro de gnomo madura, porque crecían muy lento. Héctor dijo que las había plantado hacía varios años y que creía que llegarían a ser gnomos de jardín maduros para cuando Vega obtuviera su licencia de manejo. Vega anhelaba ese día. Esperaba que los gnomos supieran caminar y correr desde el momento en que maduraran y, así, ella podría jugar con ellos. Ojalá supieran dar volteretas y pararse de manos como pequeños acróbatas. La idea hizo que Vega recordara la carta de Janna.

—Héctor, ¿sabes una cosa? Tengo una amiga que vive en un circo.

Héctor se paró en seco y empezó a toser fuertemente.

—Debe de ser por el polen del regaliz vivaz —dijo limpiándose los mocos—. Florece cada dos semanas y una vez por cuatrimestre me da alergia. Después siguió caminando.

—Bueno, se llama Janna —dijo Vega—, y es mi amiga por correspondencia. Viaja por todo el mundo con un circo. ¿No es emocionante?

—Mmm, ajá, un circo, dices —murmuró Héctor mientras su mirada se perdía en algún punto más allá del montón de piedras, más allá de las copas de los árboles, más allá de las nubes—. ¿Qué cosa es eso del circo...? ¡Mira! —dijo en voz alta y nuevamente frenó con su andadera.

Vega suspiró. De repente parecía que Héctor había olvidado cómo prestar atención, igual que papá.

Héctor señaló la pérgola con arándanos silvestres, donde las matas de los frutos del bosque habían crecido varios metros de altura hasta llegar a formar un escondite, en el que se podía sentar a tomar té. En medio de la pérgola, se entreveía algo de color azul, pero era demasiado azul para que pudiera ser un arándano. Además, era demasiado grande a pesar de que los arándanos de la pérgola eran del mismo tamaño que las manzanas. El objeto azul se arrastraba entre las matas emitiendo sonidos raros.

—¿Qué es? —susurró Vega.

—Puede ser que los arándanos se hayan unido en un nuevo tipo de baya monstruosa —susurró Héctor en respuesta—. Aunque también parece ser un pintajorro. Claro, también podría ser un mono cerdo que ha cambiado de color.

Vega creyó distinguir algunas palabras entre los sonidos que emitía el ente y dio unos pasos para acercarse.

—¡Oh! Ñam, ñam... ¡qué delicia! Guau... Esto es una mina de oro...

Era difícil entender lo que decía el ente porque entre cada palabra chascaba ruidosamente con la lengua. Vega vio cómo se movía entre las matas de arándanos y se paraba sobre sus dos patas traseras, y era muy alto, más alto que Vega.

—Creo que es una persona —susurró Vega a Héctor.

—No, no es una persona —dijo Héctor—. Como mucho será una maciana quismosa, pero de lejos es difícil decir con certeza. ¡Cuidado, Vega! ¡No te acerques, tal vez muerda!

Las matas de arándano crujieron y de la pérgola salió el ente azul. Resultó que no era ninguna boya monstruosa, ni ningún pintajorro, ni ningún mono cerdo, ni ninguna maciana quismosa, sino un chico común y corriente. Bueno, común y corriente tal vez sea una exageración: llevaba puesto un overol azul que le quedaba corto de las piernas y estaba casi del todo azul, incluso la cara, como si se hubiera bañado en arándanos. El chico tenía la boca llena y chasqueaba ruidosamente al mismo tiempo que intentaba hablar:

—Hola… ñamm… un gusto… ñamñam… conocerlos.

Héctor recogió un palito del suelo, se acercó al chico y lo pinchó cuidadosamente.

—¡Ay! —exclamó el chico.

—Justo lo que pensaba —dijo Héctor—. Podría ser una trompeta chillona, sólo que la cabeza es demasiado pequeña… Probablemente sea un ruidazul.

Vega escudriñó al chico. El cabello grisáceo estaba recogido en una cola de caballo enredada y la nariz era más ancha que larga. Los ojos estaban muy separados y parecían rendijas por las que sólo se vislumbraba un resplandor oscuro, como las canicas de vidrio negro con las que los niños jugaban en el patio escolar. Vega lo reconoció. Estaba en el salón de al lado, en el Bergantín. Lo había visto en un rincón del patio jugando solo. Una vez lo había visto acostado junto a un hormiguero durante todo el recreo.

—Estás en el Bergantín, ¿verdad? —preguntó Vega.

El chico asintió y tragó los últimos arándanos.

—¡Correcto! Me llamo Nelson.

Nelson le tendió su mano pegajosa a Vega.

—Vega. Estoy en la Goleta.

—¡Lo sé! Siempre andas por ahí hablando sola. Qué duro.

Vega retiró la mano y bajó la mirada.

—Y tú, viejo achacoso —dijo Nelson estirando la mano a Héctor—. ¿Cómo te llamas?

—¡Esto no me lo esperaba! —replicó Héctor—. Un ruidazul que me saluda como una persona, en mi propio jardín. Esto lo debo poner en mi informe.

—Se llama Héctor —añadió Vega—. Es mi abuelo.

—¡Abuelo! —exclamó Nelson—. ¡Qué cosa! ¿Cómo funciona eso?

—Bien —dijo Vega.

—¿Los abuelos siempre llevan una andadera como ésa y se ven así de graciosos?

—Sí, me parece que la mayoría así es.

Lentamente, Nelson sacó una libreta roja de uno de los bolsillos del overol y un lápiz minúsculo de otro.

—Ancianos con cabello abundante y andaderas se llaman *abuelos* —murmuró al escribir—. Disculpen, sólo necesito anotar algunas cosas antes de que se me olviden —dijo mientras seguía anotando—. Entre más grandes sean los arándanos, más azulado el sabor...

—¿Qué estás escribiendo? —preguntó Héctor—. ¿De dónde vienes? ¿Te mandaron para investigarme otra vez? ¿Desde cuándo entrenan a ruidazules para eso?

—No vengo de ningún lugar —dijo Nelson—. Simplemente anoto las cosas que son interesantes porque me gusta coleccionarlas. Este jardín tiene un montón de cosas interesantes para coleccionar, ¿lo sabían?

—Por supuesto que lo sé —refunfuñó Héctor—. Por ejemplo, ¡tengo el cultivo de plantas gorros de gnomo más grande del mundo!

—¿En serio? —preguntó Nelson—. ¿Lo puedo ver? Por acá tengo todo un capítulo sobre gnomos —Nelson puso el lápiz entre sus dientes y hojeó la libreta—. Intento mantener las categorías en orden, pero hay demasiadas cosas que documentar —dijo disculpándose.

—Ah, ¿sí? —dijo Héctor con recelo—. ¿Me podrías contar algo? Desde hace mucho tiempo anhelo una enciclopedia que diga algo razonable.

—De acuerdo, vamos a ver. Aquí hay una doble página que trata del color azul.

—Oh, mi color favorito —añadió Héctor—. Sé todo sobre el color azul. Soy todo oídos.

Nelson se aclaró la garganta.

—¿Sabían que los gatos blancos con ojos azules casi siempre son sordos? Hizo una pausa y levantó el rostro con una mirada interrogante. Héctor asintió.

—¿Que el búho es el único animal que puede ver el color azul?

Héctor asintió.

—¿Sabían que a los mosquitos le atrae el color azul más que cualquier otro color?

Héctor asintió.

—¿Que el mar en realidad no es azul, sino que es el cielo que se refleja en él?

Héctor asintió.

—¿Sabían que la sangre del pulpo es azul?

Héctor asintió.

—Listo. Eso es todo lo que tengo —exclamó Nelson.

Vega no podía creer lo que acababa de escuchar. ¿Cómo era posible que Nelson supiera todo esto?

—¡Se te olvida lo más importante! —dijo Héctor—. Saca la lengua.

Nelson sacó la lengua; era completamente azul.

—¡Exacto! ¡Tu lengua es azul! Como la de la jirafa. También es azul, todo el tiempo, haya comido arándanos o no. Por eso el mar que rodea la Isla Jirafa es azul, porque la lengua de la jirafa es azul. Eso que dijiste del cielo no es del todo verdad, ¿sabes? El cielo a veces es gris o blanco y no por eso el mar se vuelve gris o blanco, ¿cierto?

Héctor en verdad tenía respuestas para todo. Ciertamente, Vega nunca había visto el mar fuera de la Isla Jirafa de color blanco. A veces, cuando el sol estaba a punto de acostarse, el cielo era rojo o amarillo y el agua del mar no se volvía ni roja ni amarilla.

—Además, la lengua de la jirafa es muy larga, medio metro o más —dijo Héctor—. Las jirafas pueden rascarse las orejas con la lengua.

—¡Vaya, ese dato es el mejor de lo que he coleccionado hasta ahora! —Nelson rio y anotó con entusiasmo en su libreta: "La lengua de la jirafa es enorme y azul como el mar que rodea la Isla Jirafa". La doble página estaba llena de huellas digitales de color azul.

—Por lo demás, opino que es una colección de datos correctos —dijo Héctor—. Ruidazul, me parece que eres bueno informándote de diferentes cosas. ¿Tal vez te interese una pequeña misión que tenemos Vega y yo?

En ese mismo instante, un auto se estacionó fuera de la casa de Héctor. Vega reconoció el auto; era de uno de los agentes de Héctor.

—¡Oh, ya es hora de presentar el informe de hoy! —dijo Héctor.

Una agente de bata blanca bajó con un brinco del auto y se acercó. Era una mujer de cabello rizado y llevaba lentes.

—Buenos días, Héctor. ¿Cómo estás? —preguntó.

—¡Excelente! —dijo Héctor—. Muchas cosas en marcha como siempre. Como puedes ver, acabo de descubrir un ruidazul vivo, que creció en mi pérgola con arándanos silvestres.

La agente con el cabello rizado sonrió con la boca cerrada.

—Ya veo. ¿Comiste algo hoy?

—Sí, sí, por supuesto. Ven para que me cuentes de las pistas que encontraste. Te estuve esperando. Me parece que ustedes son un poco lentos con la entrega de los informes.

La agente tomó a Héctor del brazo y lo encaminó lentamente a la casa. Héctor giró la cabeza y dijo en voz alta:

—Vega, deberías pedirle al ruidazul que te ayude con la misión Viola. Código V. ¡Parece que es un muy buen detective! Creo que estos agentes no son del todo confiables.

La agente rio a hurtadillas mientras seguían caminando. De hecho, los agentes no parecían muy buenos y Vega se preguntaba si en verdad hacían su trabajo ayudando a Héctor con sus investigaciones o si sólo fingían.

—¿Entonces? —dijo Nelson. Fijó la mirada en Vega con ojos bien abiertos, como si esperara que ella dijera algo. Un afableróptero se balanceaba ostentosamente de un lado para otro en medio de ellos, pero Nelson no parecía darse cuenta. De repente, Vega se puso nerviosa. Casi nunca hablaba con otros niños. En la escuela, nadie nunca le preguntaba nada. ¿Qué se supone que debía decirle?

—¿Cuál es la misión? —prosiguió Nelson. Sus ojos brillaban como si fuera Navidad y él estuviera a punto de abrir un regalo grande—. ¿Código V? ¿Qué es eso?

—Es… —Vega miró a su alrededor, esperaba que pasara algo que hiciera que Nelson apartara la mirada. En ese momento, de repente, la vio. Una perra enorme con pelaje dorado y rizado estaba justo detrás de Nelson. Era tan grande que su lomo llegaba a la cintura de Nelson y miraba directamente a Vega por encima del hombro de Nelson. Vega no comprendía cómo no se había dado cuenta antes. ¿Había estado todo el tiempo ahí?

—Ah, perdón —dijo Nelson—. ¡Se me olvidó presentarlas! Ella es Flor.

Vega no lo podía creer. ¿Nelson podía ver a la perra?

Flor salió de atrás de Nelson y se acercó a Vega. Meneaba la cola y pegaba las orejas lo más que podía contra la cabeza para mostrar que era una buena perra. Antes de que Nelson la presentara, se había quedado lo más inmóvil que podía para no espantar a la niña. Pero Vega no se asustó. Flor dio unos pasos y Vega estiró la mano para acariciarle la cabeza. Luego, se lanzó al cuello de Flor y le dio un abrazo.

—¿No es linda? —dijo Nelson.

—Sí —dijo Vega con el rostro hundido en el pelaje de Flor—. Es maravillosa.

—Entonces… ¿Código V? ¿La misión? —volvió a preguntar Nelson cuando Vega soltó a Flor—. Parece algo muy importante. Soy bueno para prestar atención a las cosas importantes. A menos que éstas sean cosas aburridas.

Vega se retorció.

—Tal vez podamos hablar de eso más tarde —titubeó. Pensaba que debería inventar algo para desviar la atención de Nelson. Se armó de valor y continuó—: Sé de un lugar que creo que te puede gustar. Podemos ir allí, a la Parafernalia de Héctor.

—¿A su parafe-qué?

—A su Parafernalia. Es su garaje.

CIRCUS

7

LOS HÁMSTERES PUEDEN CARGAR LA MITAD DE SU PESO CORPORAL EN LAS MEJILLAS

LA PARAFERNALIA de Héctor, así la llamaba él, en realidad era muy parecida a cualquier garaje. Había cosas por todos lados; en estantes, en cajas, en el piso. La diferencia era que las cosas de Héctor eran mucho más interesantes que las de cualquier otro garaje. Cada vez que Vega entraba en la Parafernalia, encontraba algo nuevo y emocionante. Cuando le mostraba la cosa a Héctor, él siempre contaba alguna historia fantástica relacionada con la cosa. O tal vez nunca la había visto.

La puerta chirrió. Primero entró Vega, después Nelson y, al último, Flor. Nada más entrar, Flor estornudó tan fuerte que su hocico golpeó el piso. El polvo que se levantó bailó en el rayo de luz que entraba por la rendija de la puerta. Vega se subió a un taburete y tiró de una cuerda que colgaba del techo, y se encendió la luz.

La Parafernalia era enorme. Había diferentes cuartos y compartimentos, todos llenos hasta el borde de artilugios, objetos y escombros. Vega desconocía la extensión de la Parafernalia porque era imposible explorar todo a la vez. Y cada vez que entraba ahí, la distribución de los cuartos era diferente.

Junto a la puerta había algo que se parecía a un auto. Vega lo había visto varias veces. De hecho, era una de las pocas cosas de la Parafernalia que siempre se encontraba en el mismo lugar. Todo lo demás parecía cobrar vida y cambiar de lugar de vez en cuando. Vega siempre encontraba nuevas cosas en lugares que estaba segura haber revisado antes, o ya no estaban las cosas donde las había dejado la vez anterior. El auto, sin embargo, siempre estaba ahí, inmóvil y lleno de polvo. Pero no era cualquier auto. Es cierto que tenía cuatro ruedas y un volante, pero con eso se acababan las similitudes. Héctor había construido su auto de partes que había encontrado en la vieja fábrica de galletas, la que estaba junto a la fábrica de pasta de dientes, donde vivía Nelson. Héctor había recogido máquinas de pan, cortadores de toppings y picos para decorar con glaseado, y los había convertido en un carburador, una caja de cambios y el limpiaparabrisas. Lo llamaba el *galletomóvil*. Vega nunca había visto correr al galletomóvil; desde que ella tenía uso de razón, simplemente estaba estacionado, juntando polvo, en la Parafernalia. Héctor decía que funcionaba bien y que él estaba esperando el momento indicado para sacarlo a dar una vuelta.

—¡Vaya! —exclamó Nelson y pasó por el galletomóvil corriendo hasta un estante lleno de viejos radios—. ¡Qué maravilla! ¿Funcionan? —Nelson apretó y giró todos los botones, pero ninguno sonó—. ¡A mi mamá le encantarían todos éstos! ¡Escuchar la radio es lo que más le gusta!

Vega sonrió un poco. Se preguntó si a su propia mamá también le gustaba escuchar la radio.

—Héctor dice que los desmontó todos para crear una sola megarradio gigante. Él tiene un montón de asuntos diferentes que tiene que atender, y con una megarradio podría encontrar las frecuencias de agentes en todo el mundo.

—Oh, ¡qué emocionante! —Nelson no tardó en sacar su libreta y garabateó algo en ella. Apenas había terminado cuando levantó la vista y vio otra cosa—. ¡Mira esto!

Nelson corrió hasta una caja con partes de viejas canaletas. Hurgó y encontró un embudo y lo colocó en su cabeza.

—¿Qué te parece?

Vega rio.

—¡Qué guapo! ¡Deberías llevarlo puesto siempre!

Flor, que había seguido el ejemplo de Nelson, levantó la mirada de la caja. Un tubo se había quedado atorado en su hocico. Flor no estaba hecha para las parafernalias. Le dio un empujoncito a Nelson para señalar que deberían salirse, pero Nelson ya iba camino a su siguiente hallazgo: un viejo gramófono con dos cuernos, uno plateado y otro dorado.

—Héctor usa ése para escuchar mensajes ocultos en los viejos discos —dijo Vega—. Ha escuchado todas las óperas del mundo. Del trompo dorado sale el sonido normal, pero del plateado sale a la inversa; así, él puede escuchar si hay información secreta en la música.

—¿Ya encontró algo? —preguntó Nelson.

—No, la ópera le gusta demasiado y prefiere escucharla por el trompo dorado.

Vega se acercó a un estante con juguetes viejos y desmontados. Había partes de muñecos, osos de peluche rotos, autos de control remoto y otras piezas desgastadas. Vega sopló el polvo de una cajita que brillaba y la abrió. Se escuchó una melodía y una bailarina subió lentamente del interior de la caja y empezó a girar. Vega soltó una risa.

—Espera, ¿podrías volver a hacer eso? —preguntó Nelson, que se había parado al lado de ella.

—¿Hacer qué?

Nelson hurgó en el bolsillo del overol y sacó una pequeña grabadora, presionó un botón y grabó:

—Risa número treinta y tres.

Acercó el micrófono a Vega y la miró de forma exigente. Vega ni siquiera se había dado cuenta de su risa. Intentó reír de nuevo, pero esta vez no sonó bien.

—¡Bah! —dijo Nelson y apagó la grabadora—. Volveré a intentarlo una vez que no te des cuenta. Tu risa encajará perfectamente en mi colección.

Nelson zigzagueaba entre las cajas y los estantes a través de un pequeño pasillo que daba a los otros cuartos. Flor no cabía en el pasillo, así que se acercó a Vega, que se quedó mirando los juguetes. Vega jamás los había visto, aunque había estado mil veces en la Parafernalia. ¿De dónde los había sacado Héctor? ¿Quién había jugado con ellos? ¿Serían los viejos juguetes de su mamá? En su cabeza, la muñeca de papel se sentó para construir una torre alta con los bloques de madera.

Desde uno de los otros cuartos, Vega escuchó la voz de Nelson.

—Vega, ¡ven! ¡Tienes que ver esto!

Nelson se había metido entre dos viejas bicicletas y se había abierto paso hasta un pequeño armario que Vega no había notado antes.

—¡Tu abuelo es como un hámster! —gritó Nelson con la cabeza metida en una caja—. ¡Colecciona de todo! Por cierto, ¿sabías que los hámsteres pueden cargar la mitad de su peso corporal en las mejillas?

Vega no lo sabía.

Ella se abrió paso hasta el armario que Nelson acababa de encontrar. Él había abierto varias cajas y bajado cosas de los estantes: mazas para malabares, boas de plumas, sacos con purpurina, hula-hulas y sombreros divertidos.

—¡Esto es perfecto! ¡Nos disfrazaremos!

Nelson se envolvió al cuello una boa de plumas rosada y una falda blanca suelta por encima del overol, igual a la que llevaba la bailarina de la cajita.

Vega miró todas las cosas. La purpurina y las lentejuelas centelleaban. Era como abrir la puerta a un...

—¡Vaya! —jadeó Nelson. Había movido una caja y, detrás de ella, había un enorme cartel inclinado contra la pared. Los colores se habían debilitado, pero aún se podía ver la imagen: un hombre vestido de abrigo verde y sombrero de copa, que tenía cabello rizado y esponjado y llevaba una vara en la mano. En el rostro, una sonrisa ancha y las patas de gallo alrededor de los ojos formaban abanicos perfectos. El hombre estaba en el centro de una pista de circo con cortinas rojas al fondo, y a cada lado de él se encabritaba un caballo decorado con penachos brillantes en la cabeza. Arriba del sombrero del director del circo decía en letras grandes:

—*Circo Hectogramo* —leyeron Nelson y Vega con una sola voz.

No cabía duda. El cabello era más oscuro, la sonrisa más blanca, la postura más recta, pero el director del circo del cartel sin duda era el abuelo de Vega.

Escucharon el chirrido de la puerta.

—¡Pequeño fruto de mi imaginación! ¡Ruidazul! ¿Qué están haciendo?

Era la voz de Héctor.

—Sólo estamos mirando —respondió Vega en voz alta e hizo señas a Nelson para que se callara—. ¡Ya vamos!

—¿No quieres que le preguntemos sobre el cartel? —susurró Nelson.

—No, no le digas nada —dijo Vega.

No sabía por qué, pero tenía la sensación de que no debería preguntarle a Héctor de esto. Aún no. Era demasiado extraño. Héctor había reaccionado de manera tan rara cuando ella le había contado de Janna y el circo, como si quisiera evitar el tema. Él nunca había dicho nada de ningún circo y ahora aparecía este cartel. Y el abrigo verde, que parecía el abrigo que llevaba puesto la mamá de Vega en la foto. Circo Hectogramo. Janna vivía en un circo. ¿Era mera coincidencia? Todo daba vueltas en la cabeza de Vega. Quería desenmarañar todo antes de preguntarle a Héctor.

—De acuerdo. ¿Estás listo? —dijo en voz baja a Nelson.

Nelson asintió. Se veía bastante divertido en su overol azul, la boa rosada y la falda de bailarina, y el rostro todo manchado de arándano.

—Absolutamente. ¿Listo para qué?

—Para que me ayudes a averiguar una cosa —dijo Vega.

Nelson entrecerró los ojos aún más de lo normal:

—¿Código V? —susurró.

—Sí, entre otras cosas. Hay algo más. No sé muy bien. Primero te quiero contar unas cosas, pero aquí no, ahora no.

—Oh, ¿porque se trata de un… *misterio*? —preguntó Nelson y sus ojos brillaron como dos soles.

—Exactamente por eso —dijo Vega—, porque se trata de un misterio.

8

LOS OSOS POLARES SON ZURDOS

—¿CÓMO SE LO PUEDO PREGUNTAR?

—¡Sólo pregunta! "¿Cómo se llama tu circo?". No es tan difícil.

—¿No le debería explicar por qué pregunto sobre eso? No es una pregunta que uno hace sin más.

—Claro que sí. La gente pregunta cosas todo el tiempo. ¿Cómo te llamas? ¿Cómo se llama tu abuelo? ¿Qué es un abuelo? ¿Puedo tocar tu cabello? A la gente nunca le parece raro. "¿Cómo se llama tu circo?" es una pregunta completamente normal. ¡Tenemos que saberlo!

Nelson y Flor habían acompañado a Vega casi todo el camino desde la casa de Héctor hasta su casa. Vega ni siquiera se dio cuenta porque platicaron durante todo el camino, bajando por el monte, pasando por la Cabaña del Piloto de Puerto y la planta de tratamiento de aguas residuales, a lo largo del muelle del puerto, hasta llegar a la calle de Vega. Vega les contó todo sobre Viola, de los sándwiches helados, del departamento que se había vuelto frío e inhóspito, y de papá, que había cambiado. Luego, les contó todo sobre su madre, a quien nunca había conocido y que la única imagen que había visto de ella era la foto en la repisa de la chimenea en la casa de Héctor, en la que ella estaba vestida con un abrigo verde y un sombrero de copa igual que Héctor en el cartel del Circo Hectogramo. Les contó de Janna, su nueva amiga por correspondencia, que vivía en un circo, y que Héctor se había comportado de forma rara cuando ella le había contado de Janna. Nelson trotaba al lado de Vega, anotando todo lo que alcanzaba en su libreta.

—¡Uy, uy, uy! —jadeó Nelson—, este misterio es más grande de lo que me imaginaba. La amiga por correspondencia que me dieron a mí en la Hora divertida se llama Lasse y vive en un fraccionamiento. Le gustan las estampillas y los chicles, y eso es lo más emocionante que tiene para ofrecer.

Pronto Nelson se dio cuenta de que, antes de sacar cualquier conclusión, deberían averiguar el nombre del circo de Janna. Quizás no sería Circo Hectogramo —habría sido una coincidencia demasiado grande—, pero tratándose de un misterio, no se podía estar demasiado seguro. Vega sacó las cartas de Janna de la mochila y se las dio a Nelson para que las leyera, pero él no encontró ninguna pista acerca del nombre del circo.

Se sentaron en una banca soleada a una cuadra de la casa de Vega. Flor se acostó junto a la banca para que los niños descansaran los pies en su lomo.

—No podemos entrar —dijo Vega—. Si todo fuera como antes, podríamos ir a mi casa, y papá nos habría preparado sándwiches, pero ahora no me atrevo a invitarte. Puede que esté ella.

—Claro —dijo Nelson haciendo un gesto con la mano—, no podemos discutir el misterio en el mismo departamento donde se encuentra el elefante del misterio, aunque sería interesante conocer a la reina del hielo de cerca. Podría tomar una prueba de su nieve para hacer investigación. ¡Lo haremos más adelante! Lo primero que tenemos que hacer es preguntarle a Janna el nombre de su circo. Iré a casa a reflexionar sobre todo lo demás.

Vega sonrió. Todo había pasado tan rápido, pero Nelson realmente parecía ser un buen detective. Héctor le había dicho a Vega que debía contratar a uno.

Vega sacó su libreta de notas de Geografía de la mochila junto con el estuche con los rotuladores de diferentes colores. Abrió la libreta en una página en blanco y escogió un rotulador de color verde claro. Quería escribir la carta a Janna en un papel más bonito, pero en esta ocasión la libreta de notas sería suficiente.

Hola, Janna:

¿Cómo estás? Yo estoy bien. ¡Gracias por tu carta! Me gustó mucho leerla. Me alegra que te haya gustado mi dibujo. Tengo muchísimos más que te puedo enseñar, si quieres.

—¿Cómo? ¿Qué dibujo?

Nelson se inclinaba por encima del hombro de Vega mirando con curiosidad lo que ella escribía.

—En mi carta anterior, le envié un dibujo de un rinoceronte.

—Oh, ¿sabes dibujar?

—No, en realidad, no. Hago garabatos.

—¿Puedo ver?

Vega sacó su cuaderno de dibujo de la mochila. Nunca le había mostrado sus dibujos a nadie. Ni siquiera a Héctor, pero Nelson tenía algo que hacía que Vega le contara todo. Él era como un cachorro hambriento que se precipitaba sobre cualquier cosa y se la tragaba entera. Como un torrente imparable. Cuando Vega le contaba algo, nunca la miraba con el entrecejo fruncido como los otros niños de la escuela. Tampoco había nubes flotando arriba de su cabeza.

Nelson abrió el cuaderno de Vega y empezó a hojearlo. Allí estaban las cebras de paso que le ayudaban a Vega a cruzar la calle, el castor asfáltico que vivía bajo la banqueta, el oso gris de la ducha, el pequeño mamut del armario, los leones de piedra del monte y las cucharanallas, los afableróp-teros y los trespiés, y todos los demás animales del jardín de Héctor.

—Vega, éstos son maravillosos —dijo Nelson mientras seguía hojeando el cuaderno—. ¿Cómo puedes inventar todo esto?

—No los inventé —dijo Vega—. Dibujo lo que veo. Mira, acá están los osos polares que se instalaron en mi habitación desde que Viola empezó a visitar la casa.

Nelson rio.

—¿Qué es esto? —Nelson estaba mirando una página en la que Vega había dibujado una figura extraña de dos patas con una trompa larga envuelta alrededor del cuerpo.

—Es un *enredito de dientes de sable* —Vega rio—. Vive en el jardín de Héctor.

—¡¿En serio?! Oh, quiero verlo algún día.

—Sí, claro —dijo Vega—, pero es difícil encontrarlo. Héctor lo ahuyenta con una escoba porque se come sus enredaderas.

Mientras Nelson hojeaba el cuaderno, Vega continuó escribiendo la carta a Janna.

Hoy estuve en casa de mi abuelo jugando en su Parafernalia. ¿Tienes abuelo? ¿Tienes una Parafernalia? También conocí a una perra llamada Flor y es casi del tamaño de un caballo. ¿Hay caballos en tu circo? ¿Hay perros?

Me gustaría visitar el circo cuando esté en Tierra Firme. Sólo que no sé si podré, porque papá ha estado muy ocupado últimamente y no creo que me deje ir sola en el ferry. Los ferris que van de la Isla jirafa a la tierra firme son enormes, como ciudades flotantes donde uno se puede perder fácilmente. Me dijeron que tienen tiendas llenas de dulces, pero no sé si es cierto porque nunca he viajado en uno.

¿Tú alguna vez viajaste en ferry? ¿O ustedes viajan con los animales del circo en tren o en autobús? Por cierto, ¿cómo se llama tu circo? Sólo por curiosidad.

So long,
Vega

—¡Escribes con la mano izquierda! —dijo Nelson cuando ella terminó de escribir la carta. Había dejado a un lado el cuaderno y de nuevo miraba por encima del hombro de Vega—. ¿Sabías que los osos polares también son zurdos?

Vega negó con la cabeza.

—Así es —continuó él—. Está escrito en *Los datos interesantes de Nelson*. Son los carnívoros terrestres más grandes. Quizá los que viven en tu habitación, no. ¿No quieres enviarle un dibujo de los osos polares a Janna?

Vega arrancó la carta de su libro de notas de Geografía, luego buscó el dibujo de los osos polares en el cuaderno y también lo arrancó. Después plegó y pegó las dos hojas con cinta adhesiva, y al reverso escribió la dirección que Janna le había enviado. Se le ocurrió que estaba rompiendo la regla de miss Lela de que todas las cartas deberían ser corregidas por ella. "¡Nada de trampas!", había dicho miss Lela. A Vega le dio la sensación de que si miss Lela conociera las circunstancias, entendería.

—Ven —dijo Nelson—, ¡vamos a enviar la carta!

9

LAS SANGUIJUELAS TIENEN TREINTA Y DOS CEREBROS

LOS DÍAS QUE TRANSCURRIERON hasta que Vega recibió la respuesta de Jana pasaron tan lentamente como un jarabe a través de la garganta, no del tipo que Héctor solía mezclar en su taza de té, sino uno negro y espeso, que obstruía todo en su camino, dificultando cualquier movimiento o pensamiento.

Durante los recreos, Vega y Nelson empezaron a encontrarse en el patio de la escuela. Desde que habían enviado la carta a Janna, Nelson había estado totalmente dedicado a intentar resolver el misterio de Vega. Incluso había buscado su vieja lupa y se había comprado una nueva libreta, un poco más grande que la anterior, y en la tapa verde había escrito con letras grandes: LOS MISTERIOS DE NELSON Y OTRAS COSAS. En la libreta, Nelson había dibujado una especie de mapa del misterio. Había trazado líneas entre diferentes nombres y palabras, había dibujado curvas gráficas y ecuaciones. En cada recreo él le preguntaba a Vega sobre un montón de cosas que podrían ser pistas. La entrevistaba acerca de Viola, cómo se comportaba, cómo era su frialdad y si era más fría de día o de noche, si importaba la distancia a la que uno se encontraba de ella o si el papá de Vega alguna vez se quejaba de pasar frío.

—No, papá no se da cuenta de nada —dijo Vega—. Está como hechizado por ella, como congelado por ella.

—Eso, eso —dijo Nelson y anotó en su libreta. Había pegado pedacitos de hielo alrededor del nombre de Viola. Por supuesto, éstos se derritieron, pero creaban un ambiente relacionado con el tema, decía Nelson. Desde el nombre de Viola había trazado una línea a un círculo, en el cual había escrito *Papá*. ¿Cómo era antes? ¿Duro o blando? ¿Seco o mojado? ¿Como una esponja? ¿Como un pino? ¿Como un ladrillo?

—No sé —dijo Vega—. Papá simplemente era... papá —Vega pensaba en las nubes que flotaban alrededor de la cabeza de papá y en su corazón grande, azul y desbordante: —No era ni caliente ni frío. Era como... el agua normal y corriente.

—¡Ajá! ¡Como agua! —dijo Nelson y se apuró a dibujar unos círculos, flechas y garabatos en el mapa—. Entonces, por supuesto, sigue la pregunta si es agua de la llave, agua salada, agua de pecera, etc., pero podremos hablar de eso más adelante. Entonces, si Viola, o Código V, en realidad es igual a hielo, es claro que tu padre, que es igual a agua, también se está congelando, convirtiéndose en hielo porque es lo que hace el agua cuando está suficientemente fría. Así que tan sólo necesitaremos algo caliente, llamémoslo el factor x en el cálculo, como un factor de calentamiento para salvar a tu padre de morir congelado.

—Bien, pero ¿qué cosa podría ser?

—No lo sé. ¿Fuego quizá?

—No podemos ir a prender fuego a nuestro departamento así nomás.

—Quizá no. Mmm... Oh, en un momento como éste, uno quisiera ser una sanguijuela. ¿Sabías que las sanguijuelas tienen treinta y dos cerebros? Usan treinta de ellos para encontrar comida y sólo dos para reflexionar sobre los misterios del universo. ¡Si yo fuera una sanguijuela, usaría los treinta y dos cerebros al mismo tiempo para resolver este misterio! Bueno, tal vez guardaría uno para aprender más sobre las hormigas; me faltan algunos datos sobre las hormigas.

Vega rio a hurtadillas al pensar en lo grande que tendría que ser la cabeza de Nelson para albergar treinta y dos cerebros. Se vería ridículo.

—¡Necesitamos encontrar el factor x! —prosiguió Nelson—. Algo que sea caliente. Falta mucho para el verano y no podemos esperar. ¿Quizá podríamos convencerlo de que se meta en un sauna?

Antes de la llegada de Viola, Vega iba a la alberca pública con papá, la Alberca de la Jirafa. Allí, papá no podía trazar ningún círculo de gis, así que todos los animales de Vega se metían al agua a causar estragos. Ella montaba cerdos marinos y jugaba con las focas moras hasta que las cejas de papá se derretían en el agua con cloro, y la llevaba al sauna. Allí, todo estaba tranquilo, sólo había unos gerbollos gruñendo en un rincón, pero preferían que los dejaras en paz.

—Podría funcionar —dijo Vega.

—O bien —continuó Nelson—, ¿hay alguna persona muy calurosa que podríamos invitar a tu casa?

—No sé.

—¿Cómo era tu mamá? ¿Calurosa o fría? ¿Seca o empapada? ¿Dura o suave? ¿Como un piñón o un champiñón?

—No sé casi nada de ella. Héctor a veces dice que ella era fogosa, pero creo que se refería a su temperamento. A veces pienso que quizás ella podría haber sido un tipo de dragón.

La muñeca en la cabeza de Vega echó un poco de humo por las fosas nasales.

—¡Perfecto! ¡Fogosa! Allí está nuestro factor x. Será tu mamá. Entonces, si encontramos a tu mamá, me parece que tendremos la solución.

Emocionado, Nelson dibujó círculos alrededor de varias de las palabras en su libreta. Fuego, agua, hielo, nieve, piñón, dragón. Números y símbolos.

—Pero… ¡es imposible! —dijo Vega. No estaba preparada para este giro—. Nadie sabe dónde está, ni siquiera Héctor.

—¿Estás segura? Todavía no termino la ecuación del circo. ¡Imagínate que sigue en el Circo Hectogramo!

—¿Por qué seguiría ahí? Quizá nunca haya conocido un circo. Sólo vimos a Héctor en el cartel.

—Héctor es tu *abuelo*, es decir, que es el padre de tu madre, ¿no es cierto?

Nelson trazó círculos en su libreta alrededor de otros símbolos y números. Después, jadeó y abrió sus ojos negros de canica.

—¿No dijiste que hay una foto de tu mamá en casa de Héctor? ¡Imagínate que es del circo! Quizá se vea alguna pista en el fondo de la imagen.

Nelson insistió en que volvieran a casa de Héctor para seguir investigando, tal vez usar la megarradio o escuchar algún disco al revés, o por lo menos preguntarle a Héctor de todo esto. Vega no tenía ganas. Si Héctor quisiera hablar del Circo

Hectogramo, ya lo habría hecho. Solía contarle todo a Vega. ¿Por qué no quería hablar del circo? ¿Lo habría olvidado? Ciertamente, él estaba viejo, pero parecía recordar una gran cantidad de otras cosas.

Los pensamientos daban vueltas por la cabeza de Vega y no encontraban donde asentarse. Por mucho que ella lo intentara, nada cuadraba. ¿En verdad, Héctor había sido director de circo? ¿Eso significaba que la mamá de Vega había crecido en un circo, igual que Janna? ¿Y si fuera el mismo circo donde vivía Janna? No era probable, pero no se debería descartar ninguna posibilidad, como dijo Nelson. ¿Por qué ella se enteraba de esto hasta ahora, con la llegada de Viola y cuando papá se estaba muriendo congelado? Todo había sido perfecto hasta que Viola entró en sus vidas; el elefante en la tienda de porcelana, en el corazón de papá.

—De acuerdo, puede ser que no avance la investigación hasta que tengamos la respuesta de Janna —dijo Nelson—. Nos dará una nueva pista para pensar en el siguiente paso.

Había pasado una semana desde que enviaron la última carta a Janna. Ahora Viola pasaba casi todos los días en casa de Vega y su papá. El frío en el departamento se volvía cada vez peor. El hielo se había difundido hasta fuera del departamento, a las escaleras y a toda el área alrededor del edificio. El auto blanco con los ojos rasgados cubría toda la calle con una capa fina de hielo. Las copas de los árboles estaban rojas y amarillas como el fuego, pero ni así podían hacer que se derritiera la escarcha que subía por los troncos. Vega observaba por sus binoculares cómo la escarcha se deslizaba por el mar desde las orillas alrededor de la Cabeza de la Jirafa, y que los delfines y las sirenitas escapaban sobresaltados. Afuera, en la calle cubierta de hielo, las cebras de paso se deslizaban y castañeteaban los dientes. No les había dado tiempo de cambiar a la muda de invierno debido al rápido cambio de clima.

Era viernes y miss Lela había dejado a los alumnos salir más temprano de la escuela. Dijo que no se le había ocurrido nada divertido que hacer durante la *Hora divertida*, así que lo mejor era dejar que los niños se fueran a casa. No le importaba a Vega, de todos modos, no habría podido divertirse.

Vega subió las escaleras nevadas y metió la llave en la cerradura de la puerta del departamento. No la pudo hacer girar. La cerradura se había congelado.

Vega llamó a la puerta. Escuchó la voz de papá:

—¡Voy!

Parecía que la voz llegaba desde muy adentro de la casa, como si papá viniera hacia la puerta por un pasillo largo que pasaba por varias salas. La manija de la puerta se movió y papá abrió con dificultad la puerta llena de hielo. Había montones de nieve en la entrada del departamento.

—Hola, Vega —dijo papá y su voz sonaba congelada. Sus ojos eran claros y atravesaban a Vega—. Entra, hijita, ¿cómo estás? —palabras normales que recordaban a papá, pero no era papá.

Vega dio un paso para entrar en el departamento. En el recibidor había un muro de bloques de hielo. Grandes cubos montados uno encima de otro obstruían la apertura de la puerta que daba a la sala y a la habitación de papá. Parecían cajas de cartón.

—Vega, te queremos contar algo —dijo papa con su voz congelada y se agachó delante de Vega. Al doblar las piernas, la escarcha que cubría sus pantalones crujió—. ¡Viola, ven!

Los bloques de hielo abrieron paso y Viola entró en el recibidor. Parecía más alta, casi llegaba al techo. Su cabello caía como un velo negro sobre la espalda. Se acercó a papá y puso un brazo alrededor de él. Lo miró a los ojos y, de repente, Vega vio cómo el corazón de papá, grande y desbordante, se detenía por un instante y la superficie se volvía transparente y se cubría de hielo. En los brazos de Viola, papá parecía pequeño, como si se encogiera, petrificado, como si se muriera congelado.

—Vega, tenemos noticias —dijo papá—. Como Viola pasa casi todo el tiempo en nuestra casa, decidimos que se mudara con nosotros—Viola y papá se miraron nuevamente, sonriendo. El hielo alrededor del corazón de papá se volvió más grueso—. Al principio, estaremos un poco apretujados, pero en el futuro tal vez compraremos una casita, donde podremos vivir los tres. ¿Qué te parece, Vega?

El mundo se detuvo.

El tic tac del reloj de la cocina enmudeció.

Lo árboles de la calle dejaron de cantar.

Los autos de toda la ciudad frenaron.

Las nubes en el cielo dejaron de flotar y se quedaron suspendidas de hilos como marionetas muertas. El corazón de Vega se precipitó por su interior, cayendo como una hoja de árbol en otoño. Las sonrisas de papá y Viola se petrificaron como en una fotografía, los dos congelados en su abrazo. Sus ojos miraron al vacío. El tiempo se detuvo y Vega no estaba segura de si volvería a correr de nuevo. Vega miró alrededor del departamento nevado, que en ese instante congelado parecía inmenso. Un osezno polar se escondió entre las cajas y una liebre de nieve se apretó contra la pared. Vega no sabía si también ellos estaban petrificados. Dio unos pasos adentro del departamento, más allá de papá y Viola. No se movían.

Era como entrar en una postal de un paisaje nevado, una de las que papá y Vega enviaban en Navidad, donde Vega estaba abrazada por papá en un trineo que bajaba por la cuesta y que decía *Feliz Navidad y Próspero Año Nuevo* impreso con las letras doradas en la fotografía. Una de ésas estaba pegada en la puerta del refrigerador. Vega entró en la cocina, donde los copos de nieve se habían detenido y estaban suspendidos en el aire. Zigzagueó entre los copos hasta llegar al refrigerador. Allí estaba la postal: *Feliz Navidad y Próspero Año Nuevo les deseamos Vega y papá*. En la foto, Vega tenía apenas cinco años, había bajado el gorro tanto que le cubría los ojos y estaba riendo. La nariz de papá era roja y la nieve se había metido debajo de su chamarra. Su corazón grande azul y caluroso se desbordaba a pesar de que papá y Vega se encontraban en un trineo en medio de una cuesta. Vega tomó la foto del refrigerador y la puso dentro de su chamarra. Se dio la vuelta y estuvo a punto de regresar al recibidor zigzagueando entre los copos de nieve cuando la vio. En el centro de la mesa de la cocina, cubierta con varios centímetros de nieve recién caída, había una pequeña mancha de nieve derretida, como si alguien hubiera puesto una taza de té caliente en la mesa. Era una carta. No brincaba como la anterior. Estaba quieta, esforzándose para poder respirar. La carta de Janna. Vega se preguntó cuántas horas llevaría allí. Rápidamente la agarró y la metió también dentro de la chamarra, cerca de su corazón, para que se volviera a calentar. Luego, caminó derecho entre los copos de nieve flotando en la cocina, atravesó el recibidor pasando por papá y Viola, que seguían petrificados en la misma postura, el mismo instante, la misma postal. Con cuidado, cerró la puerta del departamento detrás de ella, bajó las escaleras y salió a la calle.

Al salir del edificio, Vega echó a correr. Corrió cada vez más rápido hasta que el soplo del viento le susurró al oído que el tiempo había vuelto a correr. Un auto tocó el claxón y se detuvo en seco justo frente a ella. El instante congelado pasó, las nubes volvieron a flotar por el cielo y papá y Viola seguramente se habrían puesto ya de pie, preguntándose dónde estaría ella. Vega tenía que huir, rápido, antes de que vinieran por ella. Pero ¿adónde iría?

Mientras Vega corría, la carta dentro de su chamarra volvió a la vida y empezó a palpitar cada vez más rápido, al compás de su propio corazón.

10

LOS GUSANOS SON CIEGOS, PERO SABEN DISTINGUIR LA LUZ DE LA OSCURIDAD

VEGA NUNCA HABÍA ESTADO en este lado de la ciudad. En un día normal no se habría atrevido a ir sola, pero ese día no era un día normal. El camino de grava serpenteaba entre basureros y rejas a punto de caer. A veces no se veía el camino porque estaba cubierto de maleza y había hojas marchitas por todos lados. Vega siguió corriendo en lo que esperaba que fuera la dirección correcta. Los viejos edificios de ladrillo y concreto la miraban con desinterés. Desde hacía mucho tiempo que nadie cuidaba de ellos, así que habían dejado de preocuparse por aparentar ser acogedores. No había ninguna otra persona hasta donde alcanzaba su vista, ningún animal tampoco. Vega no solía sentirse tan sola cuando estaba sola.

Nelson había dicho que vivía en esta zona industrial, pero ¿cómo iba Vega a saber en qué edificio? Tampoco sabía si él se encontraba en casa. ¿Llamaría a las puertas de todos los viejos edificios hasta encontrarlo? Miró al cielo. Estaba bañado de una luz rosada y grisácea como la que hay a veces en otoño, una luz de día que te engaña y te hace creer que el sol está a punto de ponerse, aunque en realidad faltan horas para ir a dormir.

En ese instante, Vega escuchó un ladrido y apenas tuvo tiempo de bajar la mirada antes de ser sorprendida y tumbada al suelo por algo grande y peludo. Por un momento, Vega creyó que era el oso gris de la ducha, que se había escapado para salvarse del frío del departamento, pero, por supuesto, era Flor.

—¡Flor, me asustaste!

La perra la miró con sus ojos amables. Meneaba la cola tan rápido que todo el enorme cuerpo se mecía de un lado a otro. Con cuidado, Flor mordió la chamarra de Vega y la ayudó a ponerse de pie. Con el hocico, le dio un pequeño empujón en dirección a su lomo y Vega se subió. El pelaje era cálido y suave. Flor echó a correr. Se salió del camino de grava, atravesó la maleza, se deslizó por un agujero en una reja y con pasos silenciosos se acercó a la puerta abierta de uno de los edificios. Señaló a Vega que se agarrara fuertemente y Vega hundió sus dedos en el pelaje de la perra, apretándose contra su lomo. Dentro del edificio, estaba oscuro y Vega no podía ver nada. De repente, Flor empezó a subir unas escaleras de caracol, cada vez más arriba, en una larga espiral. Al final de la escalera, había una puerta. Flor le dio un empujón con el hocico y entraron.

Entraron directamente en una cocina caliente. El fregadero estaba cubierto de trastes sucios y en la mesa había un cenicero lleno de colillas.

—¡Vega! ¡Llegaste justo a tiempo!

Nelson entró corriendo en la cocina. Llevaba su overol azul, a pesar de estar dentro de casa. Vega nunca lo había visto vestido de otra ropa. A Nelson no le pareció extraño que

Vega llegara a su casa montada en el lomo de Flor a plena luz del día, por primera vez y sin haber sido invitada. Flor se acostó en el piso de la cocina y Vega se bajó de su lomo.

—Gracias, Flor —dijo Vega—. Nelson —continuó—. Pasó algo terrible. Viola se mudará con nosotros. Toda la casa está cubierta de nieve y papá se está muriendo congelado. ¡Tenemos que hacer algo!

—¡Uy! ¡Entonces, no hay tiempo que perder! —dijo Nelson entusiasmado—. ¿Te respondió Janna?

Vega sacó la carta, y Nelson se la arrebató y la abrió.

—¡Oh! ¡Qué emoción! No puedo esperar —de repente, Nelson se detuvo—. Perdón, es tu carta. Toma. Léela tú primero.

Le extendió la carta a Vega. Ella la recibió y la desplegó. En una de las esquinas del papel había ilustraciones de gatitos. Vega respiró hondo.

Hola, Vega

¿Cómo estás? Yo estoy bien. ¡Gracias por tu carta! ¡Tu dibujo de los osos polares es muy bonito! Aquí en el circo no hay osos polares. Me han dicho que son muy peligrosos. Tenemos muchos otros animales; depende un poco del humor de Fénix, que es la que cuida a todos los animales y decide cuáles participan en las diferentes funciones. Mis favoritos son los ponis. Son tan pequeños que pueden saltar por unos aros sostenidos en lo alto y hacer volteretas antes de aterrizar. Antes de las funciones, les doy de comer trébol de cuatro hojas fuera de la carpa. Esto les da mucha suerte cuando tienen que hacer sus difíciles rutinas. Katja dice que es pura superstición. Entonces Fénix le dice que es aburrida. ¡Así son las mamás!

¡Qué maravilla que hayas conocido a una perra del tamaño de un caballo! Bueno, eso puede significar que es del tamaño de nuestros ponis, y entonces al final no es tan grande.

Yo tampoco he ido en ferry, y espero poder hacerlo algún día. Creo que no cabemos a bordo con todos los vagones del circo. Es más fácil para nosotros viajar por tierra. ¡Ya casi llegaremos a Ciudad Real! ¿Vendrás a vernos? ¿Por qué no vienes sin tu papá? ¿No podrías venir con tu abuelo? Levantaremos la carpa del circo en la Alameda de Árboles de Llaves. Te envío adjunto el programa. Nosotros somos el Circo Garabato.

Ahora me tengo que ir. Mamá inaugurará la función cantando y debo ayudarla con los animales.

¡Espero que nos veamos pronto!

Saludos,
Janna

Vega se desplomó en una silla de la cocina.

—¿No es el mismo circo? ¿Circo Hectogramo? —preguntó Nelson.

Vega negó con la cabeza.

—¡Uy! ¡Qué mal! Estábamos tan cerca de resolver el caso.

Era demasiado bueno para que fuera así. La pequeña chispa de esperanza que había empezado a brotar en el interior de Vega después de que encontraron el cartel en casa de Héctor se apagó, como si alguien hubiera echado una palada de nieve encima de una vela de té. Tal vez no fuera muy probable que la mamá de Vega se encontrara en el circo de Janna, aunque se tratara del mismo Circo Hectogramo, pero por lo menos habría sido algo concreto, un hilo a seguir. Un fuego que le diera calor a papá, si era cierto que su mamá era fogosa. Si acaso existía. Vega nunca había necesitado a una mamá porque no sabía qué le ofrecería una madre que papá no le pudiera dar. Ahora, de repente, era absolutamente necesario encontrar a su mamá. Era lo único que parecía lo correcto para que papá no se muriera congelado con Viola. Pero ¿qué pasaría si el agua de papá y el fuego de su mamá no se llevaban bien? ¿Y si el fuego y el agua sólo se convertían en... humo?

Nelson sacó su lupa para examinar la carta de Janna. También desplegó el programa que Janna había adjuntado a la carta.

En la pequeña cocina hacía calor y faltaba aire y Vega no podía respirar. Se quitó la chamarra y la lanzó al piso. De inmediato, Flor la recogió y la colgó en el respaldo de una silla. Nelson levantó la cabeza y fijó la mirada en el brazo de Vega.

—Qué bonito lunar.

Instintivamente, Vega llevó la mano al brazo. Nadie jamás había comentado algo sobre su lunar. Vega miró la pequeña jirafa. En efecto, era bastante bonita.

—Mmm, pistas, pistas... —murmuró Nelson y volvió a fijar la mirada en el programa. Pasó la lupa por cada centímetro de la hoja, que era muy colorida, llena de estrellas y fuegos artificiales. En el centro había una imagen de una señora gordita que llevaba puesto un sombrero de copa y un vestido verde. Abría los brazos como si quisiera abrazar a todos los que la miraban. Sus labios rojos formaban una sonrisa ancha que parecía sobresalir de los bordes del papel. Arriba de su cabeza estaba escrito con letras grandes y doradas: CIRCO GARABATO. Debajo de la mujer, decía con letras más pequeñas:

¡Bienvenidos a un maravilloso espectáculo con acróbatas, equilibristas, payasos, tragafuegos y animales extraordinarios! ¡Acompáñenme a mí, Katja Garabata, en un viaje que jamás olvidarán por un mundo que no creían que existiera!

—Espera un momento —murmuró Nelson. Detuvo la mirada en el pequeño texto debajo de la señora gordita—. ¿Quién es esa Katja Garabata?

Katja. La directora del circo.

—Debe ser la mamá de Janna —dijo Vega—. Janna escribió que una de sus mamás es la directora del circo y se llama Katja.

—¡Ajá! Entonces, una *mamá* —Nelson sostuvo la imagen junto al rostro de Vega y muy concentrado pasó la mirada de Vega a la señora y de la señora a Vega.

—Bueno, la similitud no es tan obvia... pero tampoco la podemos descartar.

—¿Cómo?

—¿Y si es tu mamá?

—¿Katja?

—¿Por qué no? Podría ser ella. De vez en cuando uno tiene que confiar en el instinto, como los gusanos. ¿Sabías que los gusanos son ciegos, pero que a pesar de ello saben distinguir entre la luz y la oscuridad? A eso yo le llamaría confiar en la intuición. Creo que tengo algo de gusano porque siempre confío en mis instintos. Quizás uno de mis ancestros haya sido un gusano. Si no, uno de mis padres es un gusano y no me lo han dicho. Los gusanos son animales maravillosos.

Vega miró a la señora. Ella llevaba puesto un vestido verde de lentejuelas, que hacía resaltar su cuerpo relleno, y una boa negra alrededor del cuello. El cabello rojo se desbordaba bajo el sombrero de copa como la lava de un volcán. El rostro estaba muy maquillado, en los párpados tenía una sombra verde hasta las cejas. De alguna forma, era glamorosa tirando a terrorífica. No se parecía nada a lo que Vega había imaginado. Tenía el mismo cabello rizado que Vega, pero con eso se terminaban las similitudes. Vega no sentía nada al verla. Su corazón no palpitaba como cuando veía las cartas de Janna. ¿No debería reconocer a su propia mamá? La muñeca de papel se pintó los párpados de verde, pero su expresión era de escepticismo.

—Katja Garabata... Circo Garabato —dijo Nelson—. Quizá... quizás el circo cambie de nombre cada vez que cambia de director. ¿Quizás este mismo circo se llamaba Hectogramo cuando Héctor era el director?

La esperanza que se acababa de apagar en Vega regresó como un tsunami.

—Si uno lo piensa —continuó Nelson—, tiene mucho sentido. Garabata–*Garabato*. Héctor–*Hectogramo*. Si el nombre del director fuera Mila, el circo podría llamarse *Circo Milímetro*. Mira, en este programa esa tal Katja lleva el mismo sombrero de copa que Héctor, o por lo menos uno igual. Aunque no sea tu mamá, quizá tu mamá sigue en el circo. Si es que Héctor alguna vez vivió allí. Quizás habrá alguien por ahí que sepa quién es tu mamá y dónde está. No podemos estar seguros de nada, pero es nuestra mejor pista. Ya sabes que básicamente soy mitad gusano, así que se puede confiar en mi instinto.

Vega fijó la mirada en Nelson. Contratarlo como detective era lo mejor que había hecho en toda su vida.

—Tenemos que ir al circo —dijo ella—. Debemos irnos ya.

11

LA SANGRE DE LAS ARAÑAS ES TRANSPARENTE

FLOR YA NO PERMITÍA que Nelson se montara en su lomo. Hacía unos años, cuando Nelson era más pequeño, era muy práctico y, sinceramente, la única manera de hacer que él llegara a tiempo a la escuela. Cuando Flor dejaba que Nelson caminara por su cuenta, él se detenía a observar cualquier hormiga o a contar las abejas de una colmena. El último año, Nelson había crecido mucho y Flor se debía subir a una silla para cepillarle el cabello. El overol azul de Nelson dentro de poco le quedaría pequeño; ya le quedaba corto y se veían sus tobillos. Cuando Nelson se sentaba en el lomo de Flor, sus pies arrastraban por el suelo. Ahora, por lo general Flor caminaba detrás de Nelson, dándole pequeños empujones en la espalda para que avanzara sin pararse cada dos por tres.

Pero éste no era un día cualquiera. No había tiempo que perder, estaba claro. Mientras Nelson y Vega estaban hablando en la cocina, Flor preparó una pequeña mochila con sándwiches y cepillos de dientes, por si acaso. El ambiente transmitía una sensación de aventura.

Nelson dobló las piernas lo más que pudo y hundió los dedos en el pelaje de la nuca de Flor.

—¡Agárrate! —le dijo en voz alta a Vega, que abrazaba la cintura de Nelson. Flor se echó a correr—. ¡Flor, corre al Monte de los Pilotos de Puerto! ¡Lo más rápido que puedas!

Flor atravesó el agujero en las rejas corriendo, siguió por el camino de grava y, después de un tramo corto, se desvió hacia el bosque adentro. Corrió por senderos estrechos. Si la gente solía asustarse al verla, imagínate cómo reaccionarían si la vieran corriendo con dos niños montados en su lomo.

Cuando los tres llegaron al jardín de Héctor, Flor dejó caer la mochila con los sándwiches, que había llevado en la boca, y jadeante se acostó en el suelo.

—¡Flor, rápido! ¡Debemos apresurarnos! —llamó Nelson y empezó a correr hacia la casa.

Había humedad en el aire, así que la casa de Héctor se estaba transformando en un palacio. Siempre que pasaba, era muy confuso, porque las puertas y las ventanas nunca terminaban en el mismo lugar que antes. Tuvieron que rodear la casa para encontrar la puerta de entrada, que ahora era un portón de cinco metros de altura. Vega subió corriendo por las largas escaleras que llevaban a la puerta y estaba a punto de estirar la mano para tocar el timbre cuando escucharon que se acercaba un auto. Un viento helado envolvió las escaleras.

—¡Oh, no! —dijo Vega—. Es el auto de papá. Papá y Viola nos siguieron hasta acá.

Vega y Nelson se precipitaron al otro lado de la casa, con Flor pisándoles los talones. Qué bueno que Héctor nunca cerraba las puertas de su casa con llave. La puerta a la Parafernalia estaba entreabierta, y alcanzaron a meterse justo en el momento en que el auto entró al garage.

Escucharon los golpes de las puertas y los pasos apresurados de pies caminando sobre la grava. Vega y Nelson se escondieron detrás de un estante lleno de macetas. Flor intentó acurrucarse detrás de una estatua de un tigre de dientes de sable. Vega hizo un gesto a los otros dos para indicarles que debían estar en silencio.

—¿Qué pasa?

La voz de Héctor se escuchó justo afuera de la puerta a la Parafernalia. Al parecer, Vega y Nelson no se habían dado cuenta de que él estaba en el jardín.

—Héctor, ¿has visto a Vega?

La voz de papá sonaba preocupada y estaba llena de lluvia. O de nieve. Los pasos se acercaron.

—No, hoy no la he visto —dijo Héctor empujando su andadera hasta la puerta de la Parafernalia—. ¿Se esfumó?

Una mariposa se metió por la rendija de la puerta y aterrizó en el hocico de Flor. Vega notó que era una mariporreal de lunares. Los lunares en las alas funcionaban como ojos. Eran excelentes espías, decía Héctor. Flor, bizqueando, miró a la mariposa y la mariposa miró a Flor con todos sus ojos. El hocico de Flor se arrugó y ella empezó a respirar agitadamente.

—¡No! —susurró Nelson—. ¡Flor está a punto de estornudar!

Flor jadeó y sus ojos se llenaron de lágrimas. Entonces, la mariposa movió sus alas, levantó el vuelo y salió volando por la rendija de la puerta por donde había entrado.

Flor y los niños suspiraron de alivio.

—Ella salió de casa y se echó a correr —dijo papá en el garaje—. Pensé que vendría aquí.

—No, hace tiempo que no viene por aquí —dijo Héctor tras un largo rato de silencio. Miró de reojo por la rendija de la puerta a la Parafernalia. La mirada de Vega se encontró con la del abuelo. Vega contuvo la respiración y puso el dedo en los labios. Los ojos de Héctor brillaron.

—No, la verdad es que no tengo ni idea de dónde podría estar —continuó Héctor y acercó su andadera a la puerta para proteger la Parafernalia de las miradas de papá y Viola—. Ésa es toda la verdad. Ya saben que soy transparente como una araña. ¡No podría mentir, aunque quisiera! ¿Sabían que la sangre de las arañas es transparente? Así es. No pueden guardarse nada; los secretos corren de los oídos directamente a la boca y salen por allí.

—¡Qué interesante! —Nelson sacó su libreta con *Datos interesantes* y mientras escribía susurraba—: "La sangre de las arañas es transparente".

—¡Sshhh! —susurró Vega.

Suavemente, Flor cubrió la boca de Nelson con una pata.

Afuera, Héctor empezó a toser violentamente.

—Uf, mis pulmones silban —Héctor se dio un golpe en el pecho—. Debe ser por los viejos dulces de dragón que encontré en mi despensa. Si caducan, pueden provocar una tos que saca humo. Cuidado, puede que empiece a echar fuego.

Vega sonrió al pensar en los dulces de dragón que Héctor guardaba en un cajón de su despensa. Eran bolitas de heno y jarabe envueltas en papel encerado. Con frecuencia, Héctor hablaba de salir a cazar dragones, pero le costaba organizarse.

Vega escuchó el murmullo de papá al otro lado de la puerta.

—Me parece que tiene un nuevo amigo —dijo Héctor—. Es un ruidazul, que vive en algún lugar del bosque. Mi consejo sería que empiecen por allí.

—De acuerdo —contestó papá—. Muchas gracias, Héctor.

Vega y Nelson escucharon los golpes de las puertas y el arranque del motor, luego el crujido de las llantas alejándose. Cuando el sonido del auto desapareció, se abrió la puerta a la Parafernalia con un chirrido.

—Bueno, parece que hay fantasmas en mi Parafernalia —añadió Héctor mirando a los niños con una sonrisa—. La pregunta es si son igual de transparentes como las arañas.

—Héctor —dijo Vega—. Tienes que ayudarnos a escapar. Tenemos que salir de Isla Jirafa para ir a Tierra Firme. Ahora mismo. Alcanzaremos el ferry si nos apuramos.

—Ah, ¿sí? ¡Ya decía yo que ustedes desprendían un aroma a aventura! ¿Pasó algo que debería yo saber?

Vega y Nelson se miraron.

—No —replicó Nelson—, pero necesitamos un chofer y, preferiblemente, un auto.

—Al menos, tengo un auto —exclamó Héctor—. ¡El galletomóvil nunca falla!

Vega miró en dirección al rincón donde estaba estacionado el galletomóvil. Sorprendidas, las pelusas de polvo se asomaron de la cajuela.

—Pero… ¿estás seguro de que funciona? —preguntó ella.

—¡¿Que si funciona?! —repitió Héctor—. ¡Por supuesto! ¡Corre como un conejo, zumba como una mosca y avanza como el muffin de la boca a la panza!

—¿Cuándo fue la última vez que lo manejaste? —preguntó Vega.

—A ver… fue hace un tiempo ya, me parece —dijo Héctor—. Unos años tal vez, o más, pero eso no importa cuando se trata de un galletomóvil; es una construcción sólida. Dentro de cien años, cuando sus bisnietos quieran dar un paseo, estará igual de nuevo que ahora.

A Vega no le parecía que el galletomóvil fuera una construcción muy sólida. Más bien, parecía que en cualquier momento podría caerse en pedazos. Había una capa gruesa de polvo y un montón de arañas habían tejido sus hermosas telarañas en las ventanas. Vega pensó en que la sangre de todas ellas era transparente y que todas ellas tenían dificultades para guardar secretos.

—Vamos a ver, por aquí había un poco de aceite para freír… —Héctor llevó su andadera a los estantes detrás del galletomóvil—. ¡Aquí está! Aceite gourmet para freír de la hamburguesería de la glorieta.

Héctor abrió un bidón y vertió un poco del aceite por una manga pastelera en un tanque grande hecho de bandejas de horno soldadas la una a la otra. Abrió la puerta al asiento del conductor y se sentó detrás del volante.

—Vamos a ver, dónde habré dejado la llave… ¡Ah, ya! —estiró la mano y de la andadera agarró una caja de fósforos, que tintineó al moverla—. ¡Aquí está! También me llevaré las pastillas para la visibilidad, servirán para que yo no desaparezca en plena aventura.

En la andadera había una cajita con varios compartimentos. Cada compartimento contenía una pastilla. Héctor abrió la cajita y contó las pastillas.

—Oh, ¿ayer fue martes? Si es así, parece que estuve invisible todo el día, porque se me olvidó tomarme la pastilla. Bueno, de todos modos, nadie me visitó, así que daba igual. ¡El sombrero también me lo llevaré!

Héctor agarró su sombrero de hongo de la andadera y lo puso en su cabeza. Luego, abrió la caja de fósforos, sacó la llave, la metió en el encendido y la giró.

Al principio, no pasó nada. Vega y Nelson esperaron. Entonces, de pronto, desde muy abajó del cofre se escuchó un sonido, como cuando alguien bate la masa de galletas. Después, un chisporroteo, como si alguien estuviera asando carne. El galletomóvil tosió un par de veces para sacar todo el polvo que había quedado pegado entre los engranajes y los rodillos. Luego, el auto empezó a temblar y, con un sonido como de masa de pan inflándose bruscamente, el motor encendió.

—¿Todos listos para salir de viaje? —gritó Héctor.

Vega, Nelson y Flor no lo podían creer. ¡El galletomóvil funcionaba! El aroma de muffins recién hechos llenaba la Parafernalia. Flor ladró esperanzada y corrió alrededor del auto olfateando intensamente.

—¡Qué rico huele! —exclamó Nelson.

—Sí, es lo mejor del galletomóvil —contestó Héctor—. Es una enorme máquina para hacer pan. Cada kilómetro la cajuela produce una bandeja de muffins. ¡Como les dije, avanza como el muffin de la boca a la panza! ¡Vengan! ¡Súbanse!

Salieron de la Parafernalia, atravesaron el jardín y bajaron por el monte hacia la ciudad. Héctor estaba feliz de poder volver a lucir su galletomóvil, tocaba el claxon y saludaba a todo el mundo con la mano y les invitaba muffins. Como puedes imaginar, los transeúntes estaban bastante sorprendidos. Se paraban en seco y miraban, lo señalaban, gritaban, tomaban fotos y echaban porras. Un galletomóvil no pasa desapercibido por la ciudad, sobre todo cuando los pasajeros son un abuelo, dos niños y una perra enorme.

12

LA JIRAFA TIENE PRESIÓN ALTA

EL GALLETOMÓVIL HABÍA ATRAVESADO casi toda la ciudad cuando, de pronto, se escucharon sirenas acercándose por atrás.

—¡Oh, no! —exclamó Vega—. ¡Nos persiguen! Seguramente son papá y Viola otra vez.

—¡Agárrense, pillos! —dijo Héctor y giró abruptamente para meterse por un callejón.

—¡Héctor, éste no es el camino! —dijo Vega—. Vamos derecho, al puerto. El ferry sale en una hora.

—Conozco otro camino —dijo Héctor con una sonrisa—. Engañaremos a los perseguidores.

—Héctor, tenemos que llegar a tiempo a tomar el ferry…

Salieron del callejón y se metieron por otra calle, giraron a la izquierda, luego a la derecha y después otra vez a la izquierda.

—Confía en mí, pequeño fruto de mi imaginación. ¿Alguna vez te he fallado?

Vega pensó en el cartel en la Parafernalia, donde Héctor posaba con un abrigo verde y sombrero de copa presentando el Circo Hectogramo. No, Héctor jamás le había fallado. Vega se preguntaba si debería contarle a Héctor adónde se dirigían. Le parecía injusto que él no lo supiera, pero por el momento tenían demasiada prisa como para explicarle.

—¡Vega! —llamó Nelson en ese mismo instante. Se había subido al techo y gritaba por un tubo que Héctor había montado entre el techo y la carrocería. Héctor llamaba este invento el *cacharrófono*.

—Ruidazul, ¿qué pasa? —dijo Héctor en respuesta por el cacharrófono.

—Estamos saliendo de la ciudad en dirección del Istmo del Cuello. Por allí no se puede pasar en auto, ¿o sí?

—¿El Istmo del Cuello?

Vega se estremeció.

En efecto, bajar por el Istmo del Cuello no sería la primera opción para la mayoría de la gente. Sólo los cazadores, los turistas y los idiotas se atrevían a bajar todo el camino por el estrecho istmo para llegar a Tierra del Cuerpo, aunque, sinceramente, no llegaban muchos turistas a la Isla Jirafa. Y tampoco había muchos cazadores.

—No sean tan prejuiciosos —dijo Héctor—. Éste es sólo un atajo para despistar a los perseguidores, ¿saben? Nadie nos seguirá hasta acá. Sólo los idiotas van por el Istmo del Cuello.

Pasaron por las últimas casas de La Capital, los últimos jardines de las casas, los últimos árboles de los jardines y las últimas ramas de los árboles. Por fin, cuando el sonido de las sirenas se detuvo, el camino se volvió estrecho como un sendero de grava y a ambos lados se abrió el mar. El galletomóvil traqueteaba a lo largo del Istmo del Cuello. Había agua en todas las direcciones, hasta donde alcanzaba la vista. No había árboles, sólo piedras. Granito rojo contra el fondo azul del mar. Las piedras rojizas formaban manchas en el cuello de la jirafa. Al este, en algún lugar fuera del alcance de la vista, estaba la Tierra Firme.

Flor sacó la cabeza por la ventana para saborear el agua

salada con la lengua. Con una pata agarraba la pierna de Nelson, donde estaba en el techo.

—Oh —suspiraron los dos niños—. ¡Qué hermoso!

—¡A que sí! —dijo Héctor—. A veces conviene ser un idiota. El camino por el Istmo del Cuello es difícil, peligroso y largo, pero lleva a los lugares más hermosos del mundo.

—Al Corazón de la Jirafa, ¿verdad? —preguntó Vega.

—Sí —respondió Héctor—. Al Corazón.

Siguieron durante mucho tiempo a lo largo del Istmo del Cuello. El viento azotaba el galletomóvil. Las llantas de planchas para waffles apenas cabían en el estrecho camino. El aroma de los muffins recién horneados flotaba en remolinos sobre el agua, y las focas y los caballitos de mar hacían volteretas sobre la superficie en su intento por atraparlo.

El cuello de una jirafa es largo, tan largo que resulta difícil comprender que tenga la fuerza suficiente para ser tan largo y, aun así, terminar en una cabeza con un cerebro y unos ojos y todo lo demás. O en una ciudad, para el caso.

—¿Las jirafas tienden a desmayarse mucho? —preguntó Vega—. Sus cuellos son muy largos, deben sufrir de mareos y vértigo todo el tiempo.

—¡Se desmayan todo el tiempo! —gritó Nelson por el cacharrófono—. Se desploman cada dos por tres, sólo hay que darles un pequeño empujón y PLAF, PLAF, PLAF…

—No, eso no es cierto —dijo Héctor, y tiró de una cuerda que cerraba el cacharrófono con una tapa, con lo que la voz de Nelson desapareció—. De hecho, la jirafa tiene la presión sanguínea más alta que cualquier otro animal y un corazón increíblemente grande, que puede bombear la sangre por el largo cuello. El corazón de una jirafa pesa doce kilos, ¿lo puedes creer?

Las jirafas nunca se marean y ni se desmayan, porque la sangre corre por su cuello a aproximadamente un millón de kilómetros por hora. Su presión es tan alta que no deben comer regaliz. Yo tampoco, dicen los agentes, pero no me importa.

Un corazón increíblemente grande, pensó Vega. Como el de papá.

—¿Falta mucho para que lleguemos al Corazón? —preguntó.

—No mucho, pero primero debemos salir del Istmo del Cuello y entrar en la Tierra del Cuerpo. Luego, no faltará mucho para llegar al Corazón de la Jirafa. Es el lago más hermoso que puedas imaginar. De hecho, es el lago más hermoso de todo el mundo.

—Héctor, ¿tú conoces todo el mundo?

—¡Prácticamente! Te doy mi palabra que no hay otro lugar como el corazón de esta isla, ni agua más cristalina y deliciosa.

¡Pling!

—Oh, acaba de salir otra bandeja de muffins. Flor, por favor, la podrías recoger.

Unas bandejas más tarde, los viajeros llegaron al otro extremo del Istmo del Cuello. El camino se volvió a abrir y el galletomóvil entró en la Tierra del Cuerpo. Vega sólo veía abetos y pinos hasta donde alcanzaba su vista. Las hormigas hacían señas con sus patitas y los alces se acercaban a saludar. Nelson los alimentaba con muffins. Bosque, bosque por todos lados. No era difícil imaginar a Patatorpe caminar por aquí entre los árboles, enorme y ruidoso. ¡Imagínate que lo vieran!

El camino se volvió cada vez más borroso, se bifurcaba en varias direcciones. Abetos y arbustos habían crecido en medio del camino, rocas y piedras yacían dispersos por aquí y por allá, pero al parecer Héctor sabía perfectamente por dónde avanzar.

—Héctor, ¿has visitado muchas veces el Corazón de la Jirafa? —preguntó Vega.

—Sí, un montón de veces —dijo Héctor—, pero eso fue hace mucho tiempo. Antaño venía aquí a traer gaseosa del Corazón para regar el jardín. Hoy en día, los agentes compran gaseosas del supermercado. No tiene el mismo efecto sobre las plantas, pero funciona, a falta de algo mejor.

Cerca del horizonte destellaba una franja plateada. Entre más se acercaban, más grande se hacía la franja. Resplandecía como diamantes bajo el sol de otoño. Cuando el galletomóvil subió por una cuesta la franja plateada desapareció por un momento, pero al llegar a la cima la franja volvió a aparecer, más grande y más brillante que cualquier otra cosa que Vega hubiera visto antes.

—¡Vaya charco! —exclamó Nelson.

—Te dije que era extraordinariamente grande en relación con el cuerpo —dijo Héctor—. Pequeño fruto de mi imaginación, esto es el Corazón de la Jirafa, el centro de la Isla Jirafa. De aquí sale todo el amor. Bueno, también la gaseosa, por supuesto.

El Corazón de la Jirafa estaba rodeado de bosque y peñascos. Avanzaron a lo largo del lago hasta llegar a una pequeña playa. El galletomóvil se paró con un suspiro, como cuando uno mete el dedo en una masa de pan que se está elevando. Los cuatro se bajaron del auto. Todo estaba quieto y en silencio. Héctor se acercó a la orilla con pasos muy lentos. Vega recordó que él había dejado la andadera en la Parafernalia. Le costaba bastante trabajo caminar sin la andadera. Héctor se agachó, ahuecó las manos y las sumergió en el agua. Las volvió a sacar, las llevó a su boca y bebió. Luego, tomó otro sorbo. Y otro más. Bebió como si no hubiera bebido nada desde hacía varios años.

También Flor se acercó a la orilla para llenar las botellas y los termos que habían guardado en la mochila. Vega y Nelson se quitaron los zapatos y los calcetines, metieron primero un dedo al agua, después los pies. El agua del Corazón de la Jirafa estaba más caliente de lo que Vega había esperado. El aliento del otoño llevaba escarcha y el mar alrededor de la Isla Jirafa desde hacía tiempo estaba demasiado frío para bañarse. Pero el agua del Corazón de la Jirafa estaba calentita y transparente, como un vaso grande con agua tibia. La superficie lucía como un espejo, como si no le importara ni lo más mínimo que ese día fuera bastante ventoso, en realidad.

Nelson se metió al lago y se dio un chapuzón con todo y overol. Vega dio unos pasos por el agua. Se hizo más profundo mucho antes de lo que había esperado. Ella pensaba en lo que había dicho Héctor sobre cómo nadie sabía qué tan profundo es el Corazón de la Jirafa, que incluso podía ser más profundo que el mar. ¿Qué tan profundo puede ser un corazón? Si fuera muy profundo, ¿cómo se podría estar seguro de que no había ninguna bestia marina allí? ¿Algo que acechara por debajo de la superficie, algo que podría atacar en cualquier momento? Como el corazón de papá, en el que de pronto había aparecido un elefante.

De golpe, se escuchó un sonido agudo que rompió el silencio. Parecía el aullido de una trompeta chillona del jardín de Héctor. Vega se paró en seco. No habían visto ni un alma desde que salieron de la ciudad hasta que se metieron al Istmo del Cuello.

—Héctor —dijo—, ¿no dijiste que sólo los cazadores, los turistas y los idiotas se atreven a venir a la Tierra del Cuerpo?

—Sí, es correcto —dijo Héctor sin dejar de beber el agua del lago.

—¿Los cazadores, turistas e idiotas suelen sonar como sirenas?

—No, sólo las patrullas suenan como sirenas. Y los camiones de los bomberos. Y las trompetas chillonas.

El aullido se acercaba cada vez más y al otro lado del Corazón de la Jirafa aparecieron dos autos que iban tan rápido que los *piniños* y *pedrepatas* volaban en todas las direcciones. Uno era el auto de papá. El otro era grande y blanco, y parecía uno de los autos manejados por los agentes de Héctor. Este último era el que aullaba como una trompeta chillona.

Héctor dejó de beber y alzó la mirada.

—¡Por todas las arpías grises y cojas! Deben haber seguido el rastro de migas del galletomóvil. ¡Rápido, vamos!

Vega, Flor y Héctor corrieron hacia el auto. Ahora Héctor caminaba mucho mejor, más ágil y con pasos ligeros. La espalda se había enderezado y lucía fuerte. ¿Era sólo porque tenía prisa que ya había olvidado que era un anciano? ¿O tendría algo que ver el agua del Corazón de la Jirafa?

—¡Nelson, ven! ¡Apresúrate! —llamó Vega.

Nelson, que flotaba boca arriba en el lago haciendo gárgaras con el agua, nadó hacia la orilla. Los autos se acercaban. El terrible aullido de las sirenas se escuchaba por todo el lago y la superficie se rizaba de malestar. Nelson salió del agua, corrió hasta el galletomóvil y con un brinco se metió en el asiento trasero en el mismo instante que los autos llegaron a la playa al otro lado del lago. Flor recogió los calcetines y los zapatos de los niños, y se metió en el auto detrás de Nelson.

—¡Es ahora o nunca! —gritó Héctor y pisó el acelerador a fondo.

El motor del galletomóvil sonó como si alguien estuviera haciendo palomitas y al mismo tiempo preparando pan francés. Alcanzaron una velocidad tan alta que Vega ya no veía el camino por delante. El galletomóvil zigzagueó entre abetos y piedras, a lo largo de acantilados con el agua del Corazón de la Jirafa de un lado y alces molestos por el otro. Nelson vociferaba y reía, como si se hubiera subido a una montaña rusa, mientras Flor estaba sentada a su lado, agarrándolo con sus patas. Vega miró hacia atrás. Los autos estaban a sólo unos metros de ellos. Por el vidrio, ella veía las cejas de tejado a dos aguas de papá y, a su lado, a Viola, envuelta en un torbellino de nieve.

—Héctor, ¡apúrate! —exclamó Vega—. ¡Nos están alcanzando!

—No, de ninguna manera —dijo Héctor—. No es la primera vez que el galletomóvil y yo estamos huyendo de tipos aburridos.

Vega miró por la ventana hacia el Corazón de la Jirafa. El agua se había encrespado violentamente, como si estuviera agitada. Grandes olas chocaban con la orilla y salpicaban el galletomóvil y los otros dos autos con agua.

Pronto pasaron el Corazón de la Jirafa. El bosque se hizo menos tupido y el vasto llano de la Tierra del Cuerpo se abrió frente a sus ojos. El galletomóvil iba cada vez más rápido. Papá y los agentes los seguían.

—¡Héctor! —gritó Vega—. ¡No alcanzaremos a escapar! ¡Por aquí no hay salida! ¡Aquí no está el puerto! ¡Aquí termina la isla!

—Sólo confía en mí, pequeño fruto de mi imaginación —dijo Héctor y tranquilamente siguió derecho por el áspero llano.

Ahora veían el mar. El gran océano indomable, azul por el color de la lengua de la jirafa. Se acercaron cada vez más y Héctor condujo directo hacia él.

—Héctor, ¡no! ¡Tienes que dar la vuelta!

—Sólo confía en mí.

Los acantilados de la costa se acercaron a una velocidad alta. Los niños gritaron. Flor ladró. Héctor pisó el acelerador.

Llegaron al borde del precipicio. Vega no se atrevió a mirar. Sintió cómo flotaban libremente por el aire por unos segundos. Respiró hondo y cerró los ojos; contra sus párpados cerrados veía sirenitas y delfines revoloteándose y *PLAF*. Chocaron con la superficie del agua y... no se hundieron. Vega abrió los ojos. ¡El galletomóvil flotaba!

Héctor apretó un botón en el tablero y de los lados del galletomóvil salieron dos hélices hechas de bandejas del horno, que empezaron a girar. Lentamente, el galletomóvil se deslizó hacia adelante sobre el agua con el sonido tenue de una batidora.

—¿En verdad creían que yo construiría un auto que no pudiera correr sobre el agua? —preguntó Héctor riéndose.

—¡Santos conejillos de indias! —jadeó Nelson—. ¡Eso fue lo más emocionante que he experimentado en toda mi vida! Creí que íbamos a morir ahogados como jerbos mareados. ¿Podemos volver a hacerlo?

Vega miró hacia atrás. Los autos habían frenado al borde del precipicio, y papá y Viola se habían bajado del auto. Los ojos de Viola brillaban y su cabello flotaba en la tormenta de nieve que la rodeaba. Una capa fina de hielo se esparcía por la superficie del agua debajo del acantilado. Aunque Viola y papá se hacían cada vez más pequeños a medida que el galletomóvil se alejaba mar adentro, Vega podía ver el corazón de papá, grande y azul y cubierto en hielo, a través de la chamarra.

13

EL CORAZÓN DE LOS CAMARONES ESTÁ EN SU CABEZA

EL DÍA SE ESTABA CONVIRTIENDO EN NOCHE. El sol coloreaba el cielo. El horizonte era rosa y naranja, mientras que el agua seguía igual de azul que antes. El galletomóvil llevaba unas horas en camino, había pasado por las islitas y los islotes fuera de la costa este de la Isla Jirafa, y ahora avanzaba mar adentro. No se veía tierra por ningún lado. Flor había sacado los sándwiches de la mochila y les había servido chocolate caliente a todos. Repartió los muffins equitativamente. Al flotar, el galletomóvil no producía tantos muffins como en tierra y se tenían que conformar con unos cuantos por cada milla náutica.

Nelson estaba sentado en el techo recitando datos sobre diferentes animales marinos para su libreta. Vega se subió al techo y se sentó al lado de Nelson. Un caballito de mar daba volteretas y hacía malabares en el agua junto al galletomóvil. Relinchó y saludó a Vega. Ella se preguntó si podría montar el caballito bajo la superficie del agua, si éste comía algas en lugar de pasto y si le gustaba que le acariciaran el belfo. Vega dibujó el caballito de mar en su cuaderno, con cascos y cola y crines de algas largas y abundantes.

—Oye, vamos en camino —dijo Nelson en voz baja y con el codo le dio un pequeño empujón a Vega—. Pronto llegaremos a la Ciudad Real y al circo. Imagina todas las cosas divertidas que podré documentar ahí. Por no mencionar que quizás encontraremos a tu mamá ahí, a Katja, y resolveremos el misterio *Circoratura*.

Nelson había decidido que «hielo-agua-fuego-circo» era un nombre demasiado largo para este misterio, así que empezó a llamarlo el *misterio Circoratura*, una combinación entre las palabras *circo* y *temperatura*. Durante un tiempo, lo había llamado el *misterio Temperirco*, pero no le gustó como sonaba.

—Mmm —dijo Vega. La idea de que Katja fuera su mamá aun no le parecía del todo acertada, se sentía como una camiseta un poco apretada—. ¿Y si papá y Viola todavía nos persiguen? —continuó—. Quizás hayan tomado el ferry y llegarán antes que nosotros a la Ciudad Real.

—¡Bah! Ni siquiera saben a dónde nos dirigimos. Aunque hayan regresado a la Capital y alcanzado a tomar el ferry, no llegarán hasta mañana. Esas ciudades flotantes se mueven mucho más lento que el galletomóvil. Llegaremos al circo antes de que nos alcancen.

Vega intentaba calmarse, pero no podía dejar de pensar en papá y su corazón donde estaba, al borde del acantilado, siguiendo el galletomóvil con la mirada. Su gran corazón estaba cubierto de hielo. En el bolsillo interior de la chamarra, Vega llevaba la fotografía que había tomado de la puerta del refrigerador, en la que papá y ella reían diciendo *Feliz Navidad y Próspero Año Nuevo*. ¿Había tomado la decisión correcta al dejar atrás a papá, en manos de Viola? Quizá debía haberlo secuestrado, obligado a venir con ella a buscar a su mamá. A Héctor, de hecho, lo habían raptado sin decirle siquiera a dónde iban. Papá y Héctor eran las únicas personas que cuidaban de Vega, y ahora ella sentía que los había abandonado a los dos. Ahora, se balanceaba sobre el mar, alejándose cada vez más de Isla Jirafa. Vega nunca había estado tan lejos de casa.

—Me pregunto si deberíamos contarle a Héctor que vamos camino al circo —dijo ella.

—No —respondió Nelson—. Aún no. No podemos arriesgarnos a que se enoje y se dé la vuelta.

—Pero no me siento bien mintiéndole.

—¡No estamos mintiendo! Sólo estamos omitiendo información. Es simple lógica. Tú piensas demasiado con tus sentimientos. Eres como un camarón. ¿Sabías que el corazón de los camarones está en la cabeza? Como a ti, les cuesta distinguir entre los pensamientos y los sentimientos.

En una despedida resplandeciente, el sol estaba dejando caer sus últimos rayos antes de acostarse en el mar. La luna bostezó, se estiró y ascendió por el cielo. Cayó la noche. Héctor puso el piloto automático del galletomóvil, en dirección a la Ciudad Real, y se fue a dormir al asiento trasero. Los niños se acurrucaron en el techo. Flor los cubrió con una manta y luego se sentó al lado de ellos, oteando la superficie del agua. No se veía otra cosa que el mar y la noche, pero alguien debía vigilar.

El graznido de las gaviotas se filtró en el sueño de Vega. En el sueño, primero, era el sonido de una trompeta chillona.

Gritaba tan alto que explotaba y luego se transformaba en un camión de bomberos, que iba cada vez más rápido por un paisaje nevado, en busca de un fuego que extinguir. Lentamente, Vega abrió los ojos. Lo primero que vio fue a Flor, quien la miraba apaciblemente meneando la cola.

—Buenos días —dijo Vega mientras se inclinaba. El sol ya había salido. El mar era azul y resplandeciente, y la cegaba. Ella entornó los ojos. Justo delante de ellos, se alzaba una franja con edificios altos y chimeneas humeantes. ¡Ciudad Real! ¡Habían llegado!

Flor y Vega despertaron a los otros dos. Soñoliento, Héctor se sentó detrás del volante y en el techo Nelson aulló a coro con las gaviotas.

—¡Viento en popa! ¡A la izquierda! ¡A la derecha! ¡A babor! ¡Giren las ruedas! ¡Icen el cartón! ¡Hagan que tiemble la panza! —gritó Nelson por el cacharrófono y Héctor intentó seguir las instrucciones lo mejor que pudo para llevar el galletomóvil a puerto.

Tocaron tierra junto al puerto de los ferris, donde la gente portuaria, vestida de chalecos reflectantes y gorros de lana, estaba preparada con las sogas en mano, lista para manejar las grandes ciudades flotantes. Ronroneando, el galletomóvil avanzó hasta la rampa y plegó sus hélices para seguir por tierra sobre sus cuatro ruedas. Al verlos pasar, la gente portuaria no lo podía creer. Héctor saludaba feliz con la mano, mientras Nelson y Vega arrojaban muffins.

—Bueno, pillos, —dijo Héctor—. Llegamos a la Ciudad Real. ¿Ahora qué quieren hacer? ¿Visitar el parque de atracciones? ¿Comprar juguetes? ¿Recolectar frutos del bosque?

—Vamos a la Alameda de Árboles de Llaves —dijo Nelson con un guiño a Vega—. Dicen que es muy bonita.

—¡A la Alameda de Árboles de Llaves! —dijo Héctor—. Estuve allá varias veces. Sí es muy bonita. De hecho, allí crecen los únicos árboles de llaves del mundo. Hace mucho tiempo, tomé de allí los brotes de mis árboles de llaves. Se adaptaron muy bien. Vega, tú has visto las llaves pesadas y deliciosas que dan en verano. Son exquisitas si las recoges al principio de otoño, cuando están un poco oxidadas. Saben muy bien con crema batida y compota de ciruelas.

El galletomóvil se internó en la Ciudad Real. Vega, que nunca había visitado otra ciudad que no fuera La Capital de la Isla Jirafa, estaba fascinada. Creía que todas las ciudades se parecían a la ciudad de Isla Jirafa, sólo que eran más grandes o pequeñas, pero Ciudad Real no se parecía para nada a La Capital. Los edificios eran altos y grises, parecían aburridos y engreídos, como si lo único que les importara fuera crecer más que los otros edificios. Las calles eran anchas y estaban llenas de autos que tocaban el claxon y se miraban entre sí con molestia. Había tiendas y cafés en cada esquina, y la gente entraba y salía sin mirarse el uno al otro. La gente llevaba ropa elegante y caminaba con la mirada fija en unos rectángulos luminosos que llevaba en la mano, o hablaba sola en voz alta. ¿Quizá todos los habitantes de la Ciudad Real tenían sus propios animales imaginarios que sólo ellos podían ver?

La ciudad era tan grande que parecía interminable. Los edificios pasaban fuera de la ventana como grandes cuadros, lo que a Vega le hizo pensar en su libreta de matemáticas. En medio del patrón de cuadros, de pronto, apareció una pausa, como una mancha vacía donde uno podría dibujar o escribir lo que quisiera. La pausa era verde y había árboles frondosos que se doblaban bajo el peso de las llaves.

—¡Llegamos! Ésta es la Alameda de Árboles de Llaves —dijo Héctor con voz triunfante—. El oasis de Ciudad Real, como la llaman. Según la leyenda, surgió gracias a que el primer rey del país perdió la llave del castillo en algún lugar del patio trasero. La buscó por todos lados sin encontrarla. Cavó no sólo en su propio patio, sino también en los de otras personas en busca de la llave, pero al final se dio por vencido y asaltó su propio castillo para poder entrar. Con el tiempo, brotaron arbolitos de llaves por el área y así surgió esta alameda. El castillo se derrumbó y se volvió abono para los árboles. El rey murió.

Vega rio del relato de su abuelo. En la escuela, había aprendido que la Alameda de Árboles de Llaves de Ciudad Real tenía su nombre por alguien llamado Nicodemo Baum von Llave, quien había dado nombre a los Árboles de Llaves, pero ella prefería la explicación de Héctor.

El galletomóvil entró en la Alameda. El camino era recto y estaba flanqueado por piedras y franjas con flores que crecían en patrones geométricos. Era como atravesar el jardín de Héctor después de que alguien lo hubiera limpiado y organizado en campos bien definidos. Los árboles de llaves, grandes y majestuosos, estaban plantados en líneas rectas a cada lado del camino. El galletomóvil pasó frente a una estatua de un dragón que echaba una lluvia de flores por las fosas nasales, y pequeños querubines de piedra volaban alrededor, recogiendo las flores en sus canastas. Un par de leones de mármol guardaban una escalera que daba a un kiosco. Estaban mucho mejor cuidados que los leones de piedra del Monte de los Pilotos de Puerto de la Isla Jirafa. Aun así, cuando el galletomóvil pasó frente a ellos, saludaron a Vega.

Más adelante, en un campo abierto, se divisaba algo grande y rojo que sobresalía por encima de los árboles. Una carpa.

Vega notó que en su mochila algo se movía, aleteaba y brincaba, como si en ella llevara un enjambre de hámsteres voladores.

Era la carta de Janna, que estaba despertando.

—Bueno, entonces, ¿qué les gustaría hacer aquí? —preguntó Héctor—. ¿Recolectar llaves? ¿Hacer volteretas? ¿Pescar peces de colores del lago artificial?

—Vamos... vamos a... —Vega miró a Nelson y él asintió—. Vamos al circo. La carpa que ves allá es de un circo que se llama Garabato. Allá tengo una amiga a la que quiero visitar. Es mi amiga por correspondencia, Janna, de la que te conté.

En ese momento, el galletomóvil tosió y se paró. Salió humo por debajo del cofre y un olor a quemado.

—Me parece que se quemaron los muffins —dijo Héctor tranquilamente—. Debo revisar el motor.

Lentamente, se bajó del auto y se arremangó el suéter viejo. La manchita de jirafa en uno de sus brazos miró a Vega sonriendo con tristeza. Instintivamente, Vega llevó la mano a su propio brazo, donde una mancha igual le devolvió la sonrisa. Nelson le dio un empujón a Vega en el costado.

—Tenemos que ir al circo —susurró Nelson—. Estamos muy cerca. Debemos encontrar a Janna y hablar con ella antes de que empiece la función, antes de que tu papá y Código V nos alcancen.

—No podemos dejarlo aquí.

Vega dudaba mientras se bajaban del auto.

—Héctor, tenemos que ir al circo ahora —dijo ella—. Es importante.

—Vayan ustedes —replicó Héctor, con la cabeza metida bajo el cofre. Yo me quedaré aquí a arreglar el galletomóvil.

—Héctor, por favor, ven con nosotros.

—Te dije que no —la voz de Héctor estaba llena de lluvia. Vega nunca la había escuchado así—. No me gusta el circo. Me quedaré aquí.

—Vega, ven, vayamos sin él —dijo Nelson—. Flor nos podrá llevar el último tramo.

Al subirse al lomo de Flor, Vega se dio la vuelta.

—¿Héctor?

—¿Qué pasa? —se escuchó la voz de su abuelo desde abajo del cofre. Sólo se veía su cabello rizado. Su sombrero le colgaba.

Vega suspiró.

—Gracias por habernos traído.

CIRKUS

14

EL DIBUJO DE CADA CEBRA ES UNICO

FLOR SE PRECIPITÓ POR EL CAMPO con los niños en el lomo. Sabía que debían apresurarse. Vega estaba seria y tensa, sentada en silencio sobre el lomo de la perra, mirando fijamente hacia delante, hacia la carpa del circo. Nelson estaba exaltado, como siempre. Hablaba sin parar, como siempre, pero tal vez lo hacía porque estaba nervioso y no porque tuviera tantas cosas que decir.

Al acercarse a la carpa, vieron diferentes animales pastando. Una manada de cebras con diferentes dibujos en la piel. Unos elefantes con sus trompas enmarañadas. A Vega le recordaron al pequeño mamut en su armario. También había tigres con dientes largos y afilados, avestruces con sombreros divertidos, leones con melenas coloridas. Tantos animales. Nelson se frotó los ojos.

—¿Sabías que el tigre es el felino más grande del mundo? ¿Sabías que los leones son los únicos felinos con melena? ¿Sabías que el dibujo de cada cebra es único? ¿Sabías que los elefantes comen trescientos kilos de alimentos al día? —recitó Nelson mientras que con una mano agarraba el pelaje de Flor y con la otra intentaba sacar *Los datos interesantes de Nelson* de su bolsillo.

—¡Mira, allá hay una cebra con rayas en zigzag! ¡Y un camello con tres jorobas! La información del programa era cierta, ¡aquí realmente tienen animales extraordinarios!

Flor siguió corriendo hacia la carpa, que tenía rayas amarillas y rojas, y estaba sujetada con sogas amarradas a estacas clavadas en el suelo. Banderines y guirnaldas de diferentes colores colgaban de los árboles alrededor de la carpa. Se escuchaban música y risas.

A medida que se acercaban a la carpa, Vega se iba llenando de una sensación desconocida, como una ola de calor. Borboteaba, olía diferente y nuevo, olía a algo salvaje, desconocido, y a colores alegres. La mochila ardía y saltaba, las cartas allí dentro estaban enloquecidas, los hámsteres voladores se transformaban en grandes cobayas revoloteadoras que añoraban salir a batir sus alas entre la gente, contarles que habían vuelto, chismear de todo lo que habían vivido y los peligros que habían encontrado en el camino. Llegaron. Aquí obtendrían las respuestas. Nelson hizo la pregunta que ocupaba la mente de Vega.

—¿Cómo vamos a encontrar a Janna?

Vega no tenía ni idea de cómo era Janna. Miró alrededor. El patio fuera del circo estaba lleno de gente. Había acróbatas estirándose en trajes de lentejuelas centelleantes, un hombre balanceando una espada en la lengua, un grupo de payasos a punto de rellenar sus trajes con cojines como panzas, y una pitonisa sacándole brillo a su bola de cristal. Por todos lados había centelleos, destellos y tintineos. Era como si se hubieran metido en el pequeño armario de la Parafernalia para entrar en un nuevo mundo. Cuando llovía en el jardín de Héctor y toda la casa se hinchaba, ¿quizás aquel armario se transformaría en esto? Vega se prometió revisarlo la próxima vez que visitara la casa del abuelo en un día lluvioso. Al pensar en su abuelo, se le encogió el corazón, pero ahora no había tiempo para preocuparse.

La gente hablaba y reía, y nadie se dio cuenta de la presencia de Flor y los niños. Vega nunca se había sentido tan normal. De pronto, Vega cayó en cuenta de que su mamá podría estar aquí, entre la muchedumbre. La directora del circo. Katja.

—La carta de Janna, ¿decía algo sobre dónde suele estar o lo que acostumbra hacer? —preguntó Nelson—. Si no, será como encontrar una paja en una fábrica de agujas.

—No, no creo... —Vega revisó las cartas en su cabeza. Las había leído tantas veces que casi se las sabía de memoria—. ¡Ya sé! —exclamó—. ¡Los ponis! Escribió que les daba de comer tréboles de cuatro hojas a los ponis antes de las funciones.

Flor y los niños se volvieron a abrir paso entre la gente para regresar al lugar donde estaban pastando los animales. Allí, había una manada de ponis rosados junto a una floresta de rosales. Al ver a Flor, los pequeños ponis relincharon. Ella era más grande que cualquiera de los ponis.

—Mira, ¡pintaron sus ponis de rosa! —dijo Nelson—. O les dieron de tomar leche de rinoceronte. ¡Qué maravilloso lugar!

En la floresta de rosales, una niña estaba en cuclillas dándole hierba de comer a uno de los ponis. Hablaba con el pony en voz baja, mientras acariciaba su belfo.

Nelson se acercó a la chica y se recargó lo más despreocupadamente que pudo contra uno de los rosales.

—¿A los caballos les gusta el pasto que crece por aquí? —preguntó, agachándose para agarrar un puño de pasto que se metió a la boca. Pensativo, lo masticó sin quitarle la mirada de la chica.

La chica levantó la mirada sonriendo a hurtadillas. Su cabello rubio era fino y los ojos eran grises y claros. Parecía como si sus labios delgados quisieran sonreír todo el tiempo, pero sus dientes se opusieran porque tenían vergüenza de mostrar que faltaban muchos de ellos.

—Sí, bastante. Aunque les gustan más los tréboles de cuatro hojas, pero hoy no encontré suficientes para que alcanzaran para todos los ponis.

—Traigo conmigo un tubo de pegamento —dijo Nelson—. Podríamos pegar una hoja a los tréboles comunes.

—¡Qué buena idea!

—¿Tú eres Janna? —preguntó Vega tímidamente.

La chica se puso de pie.

—Sí, soy yo. Y tú, ¿quién eres?

—Soy Vega, tu amiga por correspondencia.

Los labios delgados de Janna se estiraron en una sonrisa ancha.

—¡Vega! Creía que no vendrías.

Janna se lanzó alrededor del cuello de Vega, que jamás había recibido ningún abrazo de otra niña. Se sentía un poco rara.

—¡Me alegro mucho de conocerte! —Janna soltó a Vega y la escudriñó con la mirada. Los ojos grises y claros de Janna y las rubias mechas de cabello fino, los ojos cafés oscuros y los negros rizos de Vega se encontraron.

—¡Ustedes son como dos cebras! —exclamó Nelson—. Son casi exactamente iguales, con unos pocos detalles distintivos, si se mira muy de cerca. ¡Es cierto que ninguna cebra tiene las mismas rayas que otra!

Nelson abrió su libreta y escribió *Vega* y *Janna* junto a los datos sobre cebras, con el fin de recordar el ejemplo. Luego, hizo una pequeña pirueta e hizo una reverencia agachando la cabeza hasta el suelo.

—Yo me llamo Nelson —dijo.

—Mucho gusto —contestó Janna.

—Igualmente. Ella es Flor.

Flor se acercó con pasos pesados y olfateó la mano de Janna.

—¡Uy! —dijo Janna—. Al verla por el rabillo del ojo, creí que era uno de los ponis.

—Es posible que sea mitad caballo —dijo Nelson—. Su genealogía no está del todo clara, pero no venimos para hablar de ponis y cebras. De hecho, tenemos un asunto urgente por resolver, ¿no es así, Vega?

Vega asintió.

—Janna —dijo—, queríamos pedirte que nos ayudes con algo. Es un poco complejo. No tuve tiempo de explicártelo en las cartas, todo pasó muy rápido, pero... creemos que mi mamá está aquí, en el circo, y que quizá tú la conozcas.

Janna llevó a Vega, Nelson y Flor al otro lado de la carpa, donde estaban los vagones de la gente del circo. Los vagones estaban estacionados alrededor de una gran superficie de césped, parecía una pequeña ciudad. Cada vagón estaba pintado de una manera diferente y estaba marcado con una letra grande. Nelson deletreó las letras.

—R... O... C... C...I... A... G... R... O... A... B... T... A... ¿Qué? ¿Quién es Roccia Groabta? ¿Es una de las artistas?

—¡Dice Circo Garabato! —Janna soltó una risita—. Los vagones están en desorden. A veces, dice Circago Barato o cualquier otro disparate.

Janna se acercó al vagón con la letra B. Era verde con estrellas rojas de todos los tamaños.

—¡Aquí vivo! —dijo Janna—. No creo que haya nadie en casa en este momento. Katja se está maquillando en el vagón del vestuario y Fénix está preparando a los animales para el primer acto de la función.

Janna hizo un gesto con la mano mostrando el pequeño espacio.

—Bueno, aquí está el recibidor, la sala, la cocina, el dormitorio, el estudio y el comedor. Y eso es todo —Janna rio.

Vega pensaba en su departamento en La Capital. Su propia habitación, donde podía cerrar la puerta para hacer la tarea o dibujar o lo que le diera la gana, y donde además cabían todos los mamuts y osos polares que ella quisiera. En este vagón, ¿cabría alguno de sus animales? Incluso Flor había tenido que esperar afuera.

—¡Genial! —dijo Nelson y paseó por el vagón para inspeccionar cada recoveco—. Un fregadero plegable, una mesa de comedor que se convierte en cama, una bañera que también se puede transformar en escusado... Vega, todo esto le encantaría a tu abuelo, ¿no crees? A fin y al cabo, él construyó el galletomóvil, así que seguramente le interesarían estas cosas.

Al pensar en Héctor, el corazón de Vega se volvió a encoger.

—¡El misterio! —exclamó Vega—. Nelson, por favor, saca tu libreta y explícale todo a Janna.

Nelson sacó *Los misterios de Nelson y otras cosas* del bolsillo y con cuidado desplegó la doble página del misterio Circoratura. Se sentó a la mesa de la sala-dormitorio-comedor y Janna se sentó a su lado. Nelson le explicó todo en detalle a Janna. Le contó del papá de Vega y de Viola, la reina del hielo; del hielo

CIRCUS

y la nieve en el departamento; de cómo intentaban encontrar una manera de salvar al papá de Vega del frío y de Viola, y de que habían llegado a la conclusión de que el único remedio debía ser la mamá de Vega, a quien describían como una persona fogosa y cálida. Le contó que habían encontrado el cartel de circo en el garaje de Héctor y cómo eso había coincidido con el inicio de la correspondencia entre Vega y Janna, que vivía en un circo. Por medio de la ecuación $x+24v-0^\circ+y=100\%$, habían llegado a la conclusión de que la mamá de Vega debía encontrarse en el circo, y que, por cierto, estaban bastante seguros de que Katja era la mamá de Vega. Además, le contó de cómo habían huido de la Isla jirafa en el galletomóvil de Héctor, perseguidos por el papá de Vega y Viola, que quizá todavía les estaban pisando los talones y podrían aparecer en cualquier momento. Básicamente, Nelson contó todo esto de un tirón. Luego, se quedó en silencio con la mirada fija en Janna.

—¿Comprendes?

—Creo que sí —dijo Janna y miró a Vega—. Entonces, ¿creen que encontrarán a tu mamá aquí en el circo?

Vega asintió.

—Luego, ¿creen que ella los querrá acompañar a la Isla Jirafa para ayudar a tu papá a salvarse de otra mujer?

Vega asintió.

—Y creen que mi mamá, Katja, ¿podría ser tu mamá?

Vega asintió.

Janna se quedó callada un rato y luego miró a Nelson.

—¿Por qué creen esto?

—El misterio Circoratura, la ecuación, el programa, Hectogramo y Garabata: ¿podría ser más claro?

Parecía como si Nelson estuviera intentando explicarle el 2+2 a un oso perezoso.

Janna soltó una risita.

—Perdón, Vega, pero no te pareces para nada a Katja. De hecho, ella es rubia y se tiñe el cabello de rojo. Es alta y gorda. Y ruidosa y gritona. Lo lamento, pero no creo que Katja sea tu mamá.

Vega tampoco creía que lo fuera. Además, Janna y ella tenían aspectos muy diferentes, aunque Nelson opinaba que eran tan parecidas como dos cebras. No era posible que tuvieran la misma mamá. De alguna manera, Janna era ligera como una pluma o una brisa templada. Vega jamás se había sentido como una brisa.

La muñeca de papel se quitó la sombra verde de los ojos. Una bola vacilante zumbó junto a la ventana, golpeando el vidrio. Vega la tomó en las manos, le acarició la espalda velluda y la dejó salir volando por la puerta.

—De acuerdo —dijo Nelson—. La ecuación se ajustará, tendré que hacer unos cálculos. Pero sigue siendo probable que la mamá de Vega esté por aquí. Podría estar en este mismo circo, ¿cierto, Vega?

Vega no dijo nada, pero Janna respondió.

—¡Absolutamente! Por lo que tengo entendido de este misterio, todo es posible.

Janna pasó la mirada por la doble página del misterio Circoratura.

—Entonces, ¿no saben cómo se llama tu mamá?

Nelson y Vega se miraron. Los dos negaron con la cabeza.

—¿Ni cómo es? —preguntó Janna.

Vega y Nelson se volvieron a mirar. No les había dado tiempo de llevarse la foto de la mamá de Vega de la casa de Héctor. Vega la había visto un millón de veces y sabía exactamente cómo era su mamá, pero por el momento sólo recordaba una cosa.

—Tiene el cabello rizado y oscuro, como yo. Por lo menos, lo tenía de niña —dijo Vega.

—Es fogosa —añadió Nelson—, o cálida de alguna forma. O eso creemos.

La mirada de Janna cobró un brillo ingenioso.

—¡Bien! Les tengo una propuesta —exclamó Janna—. O bueno, no. Quizá no sea...

—¡Dilo! —dijo Nelson, que había abierto otra página de su libreta y estaba listo, con el lápiz en mano.

—Bueno, *podría* ser una mujer que se llama Olga. Es una tragafuego que hace malabarismos con antorchas y cosas por el estilo. Tiene el cabello oscuro, pero no es rizado.

—Oh, seguramente es ella —exclamó Nelson—. Tragafuego. Suena genial.

Olga. La muñeca de papel en la cabeza de Vega saboreó el nombre. Tiró de su cabello rizado hasta que se volvió largo y liso, y echó una llamita por una de las fosas nasales. La muñeca de papel siempre había echado fuego como un dragón, desde mucho antes de que Vega supiera del circo. Su mamá: Olga, la tragafuego. Cuadraba.

—De una vez, podemos ir a preguntarle —dijo Janna—. Antes de las funciones, suele hacer calentamiento detrás de la carpa. Jaja, calentamiento. ¿Entienden?

Janna se echó a reír. Rápidamente, Nelson acercó su grabadora a la cara de Janna. Su risa era aguda, relinchaba, como uno de los pequeños ponis.

—Cinco segundos —dijo Nelson al apagar la grabadora—. Perfecto.

15

LAS LIBÉLULAS VIVEN UN AÑO COMO LARVAS Y SÓLO UNA HORA COMO LIBÉLULAS

ERA UNA SENSACIÓN DE IRREALIDAD. En sólo unos minutos, Vega conocería a su mamá y tendría todas las respuestas. ¿Qué le diría? ¿Se alegraría su mamá de verla?

Janna los llevó de vuelta a la pequeña ciudad de vagones detrás de la carpa del circo. Pasaron junto al grupo de payasos con panzas grandes y narices rojas. Uno de ellos le tendió una flor a Nelson.

—¡Oh, gracias! —exclamó Nelson y, en el momento en que estiraba el brazo para recibirla, de la flor salió un chorro de agua y le mojó la cara. Nelson soltó una carcajada.

—¡Qué truco más divertido! —resopló—. Una flor que echa agua. ¡Éste es el lugar más gracioso que jamás he visitado! Ojalá pudiera vivir aquí como payaso, o domador de leones, o malabarista, o acróbata, o tragasables, o…

—Ahí está —anunció Janna.

A unos metros de ellos, estaba Olga, la tragafuego. Vega no podía quitarle la mirada de encima. Era hermosa, con su cabello largo y café, y una falda con un montón de cadenas chirriantes.

—Vengan, vamos a hablar con ella —dijo Nelson.

—¿Qué le vamos a decir? —preguntó Vega—. ¿Y si ella no es mi mamá?

—Deberíamos encontrar algo que sólo tu mamá conozca. Por ejemplo, si reconoce tu lunar. Si es tu mamá, debería recordarlo.

Vega había estado tan preocupada por cómo iba a reconocer a su mamá que no se le había ocurrido que tal vez hubiera algo en ella que su mamá recordaría. De pronto, recordó lo que le había dicho Héctor una vez: el lunar de la jirafa era algo recurrente en la familia.

—Mi abuelo tiene un lunar idéntico. Quizá mi mamá también lo tenga.

—¿Tu abuelo tiene un lunar idéntico? —exclamó Nelson—. ¿Por qué no lo dijiste antes? Eso cambia todo. Toda la ecuación está mal.

—¿Por qué?

—No lo sé, pero debo anotarlo en *Los misterios de Nelson y otras cosas*. Ven, acerquémonos a hablar con ella.

Janna se sentó en el suelo junto a Flor, quien intuía que era mejor ocupar un lugar secundario.

Olga, la tragafuego, estaba conversando con un hombre con orejas enormes que se plegaban sobre los hombros. Nelson y Vega se acercaron sigilosamente. Olga llevaba un velo verde sobre los hombros, debajo del cual se divisaba un corsé perlado. No se veía ningún lunar. Nelson sacó su lupa y se acercó a ella. Estaban junto a Olga cuando ella los notó.

—¡Uy! —dijo y miró a los niños con una risita—. ¿Qué está pasando aquí? ¿Quiénes son ustedes?

—Mi nombre es... Vito Voltereta —dijo Nelson e hizo una reverencia hasta el suelo—. Vine al circo para hacer una pequeña investigación.

—Oh, qué interesante —dijo Olga.

Vega no pudo expresar ni una sola palabra.

—Bueno, ella es mi socia... Anatole Atolondrada —continuó Nelson.

—Mucho gusto, Anatole —añadió Olga dirigiendo una sonrisa a Vega.

La sonrisa impactó a Vega en el estómago, y ella se tambaleó un poco.

—Bueno, nos gustaría hacerle unas preguntas —dijo Nelson.

—Claro que sí. Dime —replicó Olga.

Nelson se aclaró la garganta.

—Primero, nos gustaría saber cuánto tiempo lleva en el circo —dijo Nelson.

—Oh, no mucho —respondió Olga—. Llegué con mi papá hace unos años.

Nelson le dirigió una mirada a Vega.

—¿Su papá? Cuénteme un poco más de él.

—Muy bien, pues no sé muy bien a qué se dedique hoy día, pero antes era artista de circo. Era uno de los mejores y me enseñó todo lo que sé. Era un acróbata maravilloso, especialista en malabarismos, y en construir cosas.

Nelson miró nuevamente a Vega.

—Ya no está en el circo —continuó Olga—. Se enojó y se fue cuando el circo cambió de director.

—¡Ajá! —dijo Nelson—. ¿Y por qué se salió el director anterior?

—No estoy muy segura de lo que pasó —dijo Olga—. Me parece que hubo un accidente o algo parecido. Algunos dicen que él saboteó un acto, pero yo no lo creo. De pronto desapareció, pero deben preguntarle a alguien más de eso, porque no sé muy bien qué fue lo que pasó.

—Interesante —dijo Nelson—. Muy interesante. Entonces, sólo nos queda una pregunta y la dejaremos en paz.

—Sin problema.

Los ojos de Olga eran penetrantes, con iris dorados alrededor de las pupilas. A Vega le parecían aros de fuego. Vega se llenó de calor, como si estuviera en un sauna. ¿Cómo era posible que Olga pareciera tan ardiente y, al mismo tiempo, no fuera tan cálida? ¿Qué pasaría con el corazón congelado de papá, si se encontraba con un fuego tan violento?

—Bueno, es que quisiéramos ver si por casualidad tiene usted un lunar en el brazo —continuó Nelson en un tono autoritario—. Entiendo que puede parecer impertinente, pero es para una base de datos estadísticos muy importante de artistas cirqueros y diferentes tipos de manchas.

Olga rio y se quitó el chal. Tenía brazos fuertes y en el izquierdo llevaba un tatuaje de un dragón, pero el derecho estaba liso, no había nada.

—¡Qué dragón más genial! —dijo Nelson—. Echa fuego, igual que usted. Veo la conexión. ¿No tendrá algunos datos interesantes sobre dragones?

Vega tiró de la manga del overol de Nelson. Él carraspeó.

—Entonces, le damos las gracias. Le enviaremos la información de la investigación por correo. Por supuesto, todo es confidencial. ¡Hasta luego, fuego!

Nelson regresó a donde estaban Janna y Flor, y Vega se volvió para mirar a Olga. La tragafuego le sonrió y la saludó con la mano.

Un dragón, pero ninguna jirafa.

—Entonces, podemos descartar la posibilidad de que Olga sea tu mamá —le dijo Nelson a Vega—. Ya cuando me dijo que su papá era un acróbata maravilloso, sospeché que no era ella. Tu abuelo es el anciano más tieso y viejo que jamás haya conocido.

—Bueno, tienes razón —dijo Vega—, pero ¿no te pareció extraño lo que dijo del director del circo? ¿Que simplemente desapareció, tal vez por culpa de un accidente?

—Super extraño —dijo Nelson—. Le preguntaremos a la siguiente sospechosa sobre esto.

—¿La siguiente?

—¡Claro, debemos seguir buscando! No podemos rendirnos a la primera. Es ahora o nunca, justo ahora, en este momento. Llevas toda tu vida esperando esto. Eres como una libélula que vivió toda su vida como larva y ahora es tu momento de volar como una libélula, aunque sólo sea por un día, porque luego te mueres. Algunas libélulas viven un año entero como larvas y, luego, apenas una *hora* como libélulas, ¿lo sabías? Casi no tienen tiempo para disfrutarlo, así que aprovecha el día, ¿comprendes?

Vega asintió. Pensaba en cómo se sentirían las libélulas al tener apenas una hora para hacer todo lo que habían soñado mientras eran pequeñas y lentas larvas. Ver el mundo, bajar por el arcoíris como por un tobogán, hacer amigos y beber el rocío de los pétalos. Imagina saber que existe la posibilidad de que no tengas tiempo para vivir todo eso.

—Por eso, debemos seguir buscando —dijo Nelson mientras caminaban de regreso con Flor y Janna—. Intuyo que estamos cerca de la resolución. Recuerda que soy mitad gusano.

Nelson se sentó en la hierba y recibió un beso mojado de Flor en la cara.

—Janna —añadió—, ¿no habrá alguien más en el circo que pudiera ser la mamá de Vega? ¿Que sea fogosa? ¿Con el cabello rizado? ¿Rizos fogosos? ¿Fuegos rizados?

—Bueno, se me ocurre otra persona —dijo Janna envolviendo los dedos con un trébol—. Una de las payasas tiene el cabello oscuro y rizado. Cindy. Es muy simpática. Anda por ahí dándole abrazos a todo el mundo. Es divertida también.

Cindy, la payasa. Simpática y divertida, con cabello rizado. La muñeca de papel en la cabeza de Vega dejó de echar fuego para ponerse una nariz roja de payaso y unos pantalones grandes y rayados. Después, rio y abrazó a Vega. Tal vez sus abrazos fueran tan cálidos como para derretir el hielo que cubría el corazón de papá. *Mi mamá, Cindy la payasa,* pensó Vega. *Podría ser ella.*

16

LOS CERDOS NO SUDAN

—ES LA DE PANTALONES VERDES y zapatos enormes —dijo Janna.

Nelson tomó a Vega de la mano y siguió a Janna antes de que Vega tuviera oportunidad de reaccionar. Se abrieron paso entre el grupo de payasos graciosos, que les tiraban confeti y les sacaban monedas por atrás de las orejas, hasta que llegaron con una payasa que estaba haciendo malabarismos con bolas abigarradas. La payasa vestía un saco rojo, pantalones verdes y zapatos muy largos. Tenía una panza grande, y el cabello oscuro y rizado estaba recogido en un moño desordenado.

—¿Cindy? —dijo Janna a la payasa.

La payasa los miró. No tenía nariz de payasa, pero la cara estaba pintada de blanco y la boca grande y roja le llegaba hasta las orejas. Era difícil imaginar cómo se vería sin el maquillaje, pero a Vega le pareció hermosa. La muñeca de papel se pintó la boca roja y grande.

—Janna, mi pequeño búho —exclamó Cindy y le dio un fuerte abrazo y la levantó en el aire.

—¿Por qué la llama búho? —susurró Nelson a Vega—. Por lo que he visto, Janna no tiene tres párpados ni puede girar la cabeza trescientos sesenta grados.

—Cindy —dijo Janna, después de que la payasa la volviera a dejar en el suelo—, ellos son mis amigos, Nelson y…

—Disculpe, señora payasa —interrumpió Nelson haciendo callar a Janna—. Mi nombre es… Malte de la Coronilla Dorada. Ella es mi socia, Federica Frambuesa.

—Malte y Federica, ¡hola! —rio la payasa—. Mi nombre es Cindy. ¿Cómo están?

—Estamos muy bien, gracias —contestó Nelson—. Somos grandes aficionados de los payasos y del oficio de los payasos. Quisiéramos hacer unas preguntas sobre cómo es ser payasa en la sociedad cirquera de hoy.

—Por supuesto —dijo Cindy con la mirada fija en Vega. Cindy tenía ojos azul claro, que brillaban como el mar bajo el sol. Vega se mareó y tuvo que bajar la mirada.

—Excelente —añadió Nelson—. Quisiera preguntarle primero cuánto tiempo lleva trabajando de payasa.

—He sido payasa desde hace mucho tiempo ya —dijo Cindy—. Antes era acróbata, pero tuve un accidente y ya no puedo hacer las mismas acrobacias.

—No me diga —replicó Nelson—, ¿me permite preguntarle qué fue lo que pasó?

—Una de las cuerdas se rompió. Fue durante una función cualquiera y estaba realizando mi acto como siempre. Me iba a lanzar de un trapecio a otro, haciendo unas volteretas por el aire, y cuando agarré el segundo trapecio se rompió la cuerda y me caí. Me lesioné la cadera.

—Debe haber sido difícil —exclamó Nelson—. ¿Qué pasó después?

—Bueno, después de eso ya no pude hacer los mismos movimientos. Aprendí a hacer malabarismos para trabajar como payasa. De hecho, ¡es mucho más divertido! No tengo que arriesgar la vida todo el tiempo, y le doy alegría a la gente.

Cindy hablaba rápido y suelto, con la risa burbujeando siempre bajo la superficie. Todo su cuerpo parecía lleno de energía. Las manos gesticulaban mientras hablaba; era como si necesitara contenerse para no empezar a bailar en cualquier momento. Vega no se sentía tan nerviosa como cuando hablaron con Olga, la tragafuego. Cindy era sencilla, divertida. Vega podría quedarse aquí un buen rato escuchándola. Deseaba que la siguiente pregunta le diera la respuesta, que Cindy realmente era su mamá.

—Antes sudaba como un cerdo antes de subir al escenario, pero ahora sólo me siento feliz y emocionada ante cada función —continuó Cindy—. ¡Como ahora, por ejemplo! Y ya casi estamos a punto de empezar.

—Permítame una pequeña objeción, señora Payasa —dijo Nelson levantando un dedo en el aire—; de hecho, los cerdos no sudan. Lo dice *Los datos interesantes de Nelson*. Yo, Malte de la Coronilla Dorada, leí ese libro más veces que la cantidad de flores que las abejas deben visitar para juntar una cucharada de miel.

Cindy volvió a reír.

—¿Y cuántas veces es eso?

—Cuatro mil.

Vega notó que un enjambre de abejas volaba alrededor de Cindy, susurrando un canto uniforme. Formaban un círculo alrededor de ella, como un sol grande zumbando. Cindy era maravillosa.

—¡Uy, uy! Entonces, te tomo la palabra —dijo Cindy—. Digamos que sudo como un caballo. Los caballos sí sudan, ¿o no?

—Oh, sí —aclaró Nelson—, se puede usar su sudor como jabón. Lo hago a veces. Bueno, volvamos a la investigación. Si me permite, ¿pasó algo más después del accidente? Por ejemplo, ¿qué dijo el director del circo?

Cindy sacó un globo largo del bolsillo del pantalón grande y mientras hablaba empezó a torcerlo y hacer nudos.

—Sinceramente, no sé muy bien —dijo Cindy—. Al caer, me desmayé y no me enteré de lo que pasó después. Luego, me quedé varias semanas en la cama del hospital. Cuando por fin me dieron de alta, ya había una nueva directora en el circo, Katja.

—Ah, Katja —dijo Nelson—. ¿Qué opina de ella?

—Es buena, aunque no es como... el anterior. Él era irreemplazable.

El globo largo tenía cuatro patas y un cuerpo, y ahora Cindy estaba punto de crear la cabeza. Sus manos trabajaban rápido, casi automáticamente, mientras sus ojos estaban fijos en Nelson y Vega.

—¿Me permite preguntarle cómo se llamaba el director anterior? —preguntó Nelson—. De casualidad, ¿usted no está relacionado con él de alguna forma?

El cuerpo de Vega se tensó y las abejas dejaron de zumbar.

Cindy estaba a punto de responder cuando uno de los otros payasos se acercó con pasos grandes en zapatos enormes y le tocó el hombro.

—Cindy, debemos arreglarnos —exclamó el payaso—, la función está por empezar. ¿Dónde está tu nariz de payaso?

Cindy rio y pescó una bolita roja del bolsillo de sus grandes pantalones.

—¡Voy! —dijo al payaso y se colocó la bolita en la nariz—. Disculpen, me tengo que ir.

Cindy le dio el animal globo a Vega.

—Federica Frambuesa, éste es para ti —dijo Cindy en voz baja. Las abejas volvieron a zumbar.

—¡Espere, una última pregunta! —dijo Nelson—. Por favor, ¿podríamos ver su brazo? Estamos conduciendo una investigación también de… brazos de cirqueros.

Cindy se quitó el saco rojo mientras retrocedía a pasos lentos en dirección a los demás payasos. Se dio la vuelta como una pirueta. Sus brazos eran completamente lisos y morenos.

—Buenos brazos, ¿eh? — Cindy rio—. Anótenlo en su investigación. Por cierto, no, no soy familiar del exdirector. ¡Pero él tiene una hija!

Cindy corrió para alcanzar a los otros payasos y desapareció entre las panzas grandes y los colores abigarrados.

—No es cerdo ni caballo, ni siquiera emú, porque éstos no pueden caminar hacia atrás —dijo Nelson—. Definitivamente, no es tu mamá.

Vega miró el animal globo que llevaba en las manos. Era una jirafa.

17

LAS SERPIENTES NO TIENEN PARPÀDOS

VEGA Y NELSON se quedaron parados mirando a Cindy mientras ella se alejaba. Nelson suspiró.

—Oh, hubiera sido divertido que ella fuera tu mamá.

—Sí —dijo Vega.

La muñeca de papel se quitó la pelotita roja de la nariz, ya no tenía el cabello rizado. Simplemente estaba… vacía.

Janna y Flor se acercaron. Flor abrazó a Vega.

—Bueno, ¿tampoco era ella? —preguntó Janna.

Vega y Nelson sacudieron las cabezas.

—Entonces, me temo que no sé quién pudiera ser —dijo Janna.

—Debe haber alguna pista más —añadió Nelson—. Otra cosa además de ser fogosa y tener cabello rizado y una mancha rara en el brazo.

—Pero no sabemos nada sobre ella —dijo Vega—. No sé nada más que esto. No sé… ni siquiera sé si lo que sé es cierto.

—Pero sí sabes cómo eres *tú* —replicó Nelson—. ¡Debe parecerse a *ti* de alguna forma! Buscamos cosas típicas de ti. Tu mamá debería tener algo parecido. ¿Comprendes?

—Sí, pero… No hay nada que sea típico de mí.

—¡Claro que lo hay! Eres buena para algo, ¿no? ¿Algo que te guste hacer?

—No sé. Me...

Vega nunca había reflexionado sobre si ella tenía algo especial. Intentaba recordar si alguna vez le habían dedicado un cumplido, pero no se le ocurrió nada. Ella era como cualquier otra persona, sin contar el hecho de que no tenía una mamá. No tenía ningún talento, no como Olga, que echaba fuego, o Cindy, que sabía hacer malabarismos.

—Papá dice que soy buena para saltar la cuerda. Suelo saltar la cuerda con los monos de hule en el patio de la escuela.

—¡Saltar la cuerda! —dijo Nelson—. ¿Hay alguien aquí en el circo que salte la cuerda? ¿O que haga cualquier cosa con una cuerda?

Janna se puso a pensar.

—De hecho, hay una mujer —dijo—, que es encantadora de sogas. Antes era encantadora de serpientes, pero se escaparon entre el público. La gente no entendía que no eran peligrosas, así que ella tuvo que cambiar las serpientes por sogas. Ella es un poco rara, en mi opinión —Janna se inclinó y susurró—: Creo que es una bruja.

Vega de pronto se sintió mal. Los ojos de Nelson se abrieron de par en par.

—¿Cómo se llama? —susurró.

—Se llama... Úrsula.

El sol de la tarde brillaba con sutileza. A Vega le parecía que llevaban una eternidad en el circo. Las cartas en la mochila habían dejado de revolotear, también las mariposas en su estómago.

La función estaba a punto de empezar.

—No tenemos mucho tiempo —dijo Janna.

El vagón de la encantadora de sogas se encontraba en las afueras de la pequeña ciudad cirquera, detrás de la carpa. Los cuatro pasaron por todos los otros vagones. Entre éstos había magos sacando conejos de sus sombreros, mimos puliendo cubos invisibles, hombres y mujeres fuertes haciendo flexiones. Vega vio al hombre con las orejas grandes que había estado hablando con Olga, la tragafuego; las orejas aleteaban cada vez más rápido hasta que sus pies se elevaron del suelo. Por todos lados se hacían las preparaciones necesarias ante a la función de esta tarde.

Llegaron al vagón de la encantadora de sogas. La puerta estaba cerrada.

—No suele salir para estar entre la gente —dijo Janna en voz baja—. Sólo sale para hacer su acto con las sogas y después vuelve a meterse a su vagón.

El vagón era de color rojo sangre, con dibujos de serpientes negras trepando en una O verde. Afuera del vagón, había

unas sillas. El animado murmullo de los artistas cirqueros se desvaneció a lo lejos. Sólo quedaba un silencio como un sonido monótono.

Llamaron a la puerta.

—Jamás supe de ningún encantador de sogas —susurró Nelson—, ni de serpientes, de hecho. ¿Y si se parece a una serpiente? Si no parpadea, es porque es una serpiente, porque las serpientes no tienen párpados.

Se escucharon pasos pesados dentro del vagón. La puerta se abrió con un chirrido.

La mujer que apareció en el marco de la puerta llevaba puesto un largo vestido verde y un collar de perlas alrededor del cuello. El cabello negro y abundante estaba recogido en una trenza que descansaba sobre uno de los hombros. Era difícil adivinar su edad. El rostro era pálido, sin arrugas, pero en la trenza se divisaban algunas canas. Los ojos eran de un azul oscuro, parecido a la noche más oscura.

—Hola, hola —dijo Nelson. Respiró hondo para decir algo más, pero no salieron las palabras.

La mujer lo miró durante unos segundos. Nelson contuvo la respiración. Parecía que los ojos de ella intentaban penetrar en la cabeza de Nelson. Él temblaba un poco.

—Hola —dijo ella después de un rato, y la sombra de una sonrisa pasó por sus labios. Nelson exhaló—. Ustedes, ¿quiénes son?

—Me llamo… Nelson —dijo Nelson—. Ella es… Vega.

—Nelson y Vega son mis amigos de la Isla Jirafa —explicó Janna—. Quisieran hacerte algunas preguntas.

Janna se inclinó hacia Nelson y Vega, y dijo en voz baja:

—Me tengo que ir.

—No, por favor, no te vayas —chilló Nelson.

—Tengo que hacerlo —susurró Janna—, la función empieza en cualquier momento y debo ayudar a Fénix con los animales del primer acto. ¡Espero que les dé tiempo de verlo! Nos veremos después de la función.

Janna sonrió a Vega con la boca abierta, sus dientes parecían terrones de azúcar. Acarició a Flor y, luego, desapareció.

—Oh —dijo Vega. Hubiera preferido ver a los animales del espectáculo de Fénix que quedarse con esta mujer. La encantadora de sogas tenía algo que hacía que el estómago de Vega se retorciera. Aun así, Vega no podía quitarle la mirada de encima.

Nelson se aclaró la garganta.

—Bueno, señora Encantadora de sogas, quisiéramos hacerle unas preguntas —exclamó y luego bajó la mirada.

La sonrisa secreta volvió al rostro de la encantadora de sogas.

—Me pueden decir Úrsula.

—De acuerdo, señora Úrsula —dijo Nelson—, quisiéramos preguntarle primero cuánto tiempo lleva aquí en el circo.

—Desde que tengo uso de razón —contestó Úrsula.

—Uy, es mucho tiempo.

—Sí.

—Entonces, ¿quizá recuerde algo que pasó hace unos años?

—Recuerdo todo como si hubiera pasado ayer.

—No me diga. Qué bueno.

Nelson se quedó en silencio. Vega no estaba acostumbrada a verlo esforzarse por encontrar las palabras. La mayoría de las veces era imposible poder decir ni una palabra una vez que él empezaba a hablar, pero ahora parecía que luchaba para encontrar algo que decir. Bajó la mirada al suelo y movió el pie sobre el pasto. Vega carraspeó, le parecía que tenía aserrín en la garganta, o uno de los dulces de dragón de Héctor.

—¿Te acuerdas del director anterior del circo? —preguntó Vega.

Úrsula la miró y la mirada penetró profundamente en la frente de Vega.

—¿Qué quieres saber? —peguntó Úrsula.

—¿Qué fue lo que pasó? ¿Por qué desapareció?

—Hubo un accidente.

—¿Qué pasó?

—Es una larga historia.

—Viajamos desde lejos para escucharla.

Úrsula bajó del vagón y se sentó en una de las sillas de afuera. Se movía con agilidad, pero algo en ella parecía anciano, ancestral, como una montaña. Cuando empezó a contar, era como si la voz saliera de otro lugar, del interior de la montaña.

—Nunca había visto a nadie estar tan orgulloso de su trabajo. Él fue mucho más que un director de circo, como un padre. Su amor por todos los que formábamos parte del circo era enorme, cuidaba de todos, se aseguraba de que tuviéramos todo lo que necesitábamos. Jamás habría permitido que le pasara nada a nadie, pero nadie puede tener el control de todo.

Nelson se sentó en el suelo. Flor se acostó detrás, con el cuerpo alrededor de él como una muralla.

—Fueron tiempos prósperos —continuó Úrsula—. Fue la mejor época en la historia del circo. Viajamos por el mundo y las funciones se agotaban. Lo que el público no sabía era que todo se debía al esfuerzo de nuestro director. Gracias a él, nuestros acróbatas, malabaristas y equilibristas habían llegado a ser los mejores del mundo. Él logró sacar lo mejor de todos nosotros.

Úrsula hizo una pausa y levantó la mirada al cielo. Un pequeño copo de nieve revoloteó por el aire y aterrizó en la palma de su mano. *Es demasiado temprano para que caiga nieve,* pensó una voz en la cabeza de Vega. Era una de esas voces adultas que saben cómo son las cosas. La voz de papá.

—Luego, ocurrió —continuó Úrsula—. Estábamos de gira en un país lejano y caluroso. Las noches eran de terciopelo oscuro. Un montón de gente había venido a ver el circo. Era una función normal y todo marchaba según el plan. Nadie podría haberlo previsto. Los acróbatas estaban en pleno acto haciendo volteretas en el aire, lanzándose de un trapecio a otro. El público contenía la respiración ante cada salto. El reflector seguía el movimiento de los acróbatas. Y entonces, justo en el momento en que una de las acróbatas agarraba el trapecio, una de las cuerdas se rompió y ella cayó. Otra acróbata, que se dirigía hacia el mismo trapecio, logró agarrar una cadena que colgaba del techo de la carpa. Toda la carpa se vino abajo, el techo cayó sobre el público y todo se sumió en la oscuridad. Todos gritaban y se apresuraban para salir de ahí.

Varios copos de nieve revoloteaban por el cielo en un baile ligero. Flor sacó la lengua para atraparlos.

—Después, ¿qué pasó? —preguntó Vega en voz baja.

—Se difundió el pánico. Yo me encontraba cerca de una salida, así que pude salir rápido de la carpa. Entonces, vi al director del circo correr hacia su vagón y, después de un instante, salir con un bulto entre las manos. Luego desapareció, y ya no lo volví a ver nunca.

—El bulto… ¿qué era? —susurró Vega.

Úrsula suspiró. Levantó la mano y tocó la trenza negra, como si el recuerdo se encontrara en ella, y le doliera.

—Es una historia terrible. No sé por qué lo hizo.

—¿A qué te refieres?

—Si él sólo se hubiera quedado un poco más, habría entendido…

Úrsula bajó la mirada un largo rato. Luego, fijó la mirada en Vega y el cielo nocturno de sus ojos devoró todo lo que les rodeaba.

—Él tenía una hija.

El corazón de Vega se detuvo.

Cuando Úrsula retomó la historia, su voz parecía retumbar en un universo interminable, sin tierra firme donde poner los pies.

—Su hija… ella había crecido en el circo, respirando y viviendo la acrobacia y la magia. Desde pequeña, ella tenía un don especial, un talento innato. Era el mismo talento que tenía el director, pero nunca la dejó subirse al escenario. La cuidaba como si fuera una niña y no fue capaz de ver que ella se había convertido en una mujer adulta, así que ella se tuvo que conformar con ser espectadora de las funciones. Todas las noches, ella estaba lo más cerca de la pista que podía, sin que jamás fuera iluminada por el reflector. Casi siempre, ella quería estar cerca de los animales, para poder calmarlos antes de que entraran al escenario. Justo aquella noche, ella se había trepado a uno de los andamios bajo el techo de la carpa, para poder disfrutar del espectáculo desde arriba. Cuando se rompió la cuerda y la carpa se vino abajo, ella cayó y quedó enterrada bajo los escombros.

Vega, Nelson y Flor contuvieron la respiración.

—El director del circo debió haber creído que ella había muerto —dijo Úrsula—. Que todos habían muerto, tal vez, y que él había tenido la culpa.

Una pequeña sonrisa se dibujó en el rostro de Úrsula.

—Pero ella está bien. Se lesionó gravemente y estuvo inconsciente unos días. Cuando despertó, su padre, el director del circo, había desparecido. Se había ido sin dejar siquiera una nota, y se había llevado lo más importante que ella tenía.

—¿Qué era? —susurró Vega.

Úrsula fijó la mirada en Vega. La nieve formaba una capa fina en el suelo.

—Su pequeña hija.

18

LOS CARACOLES PUEDEN DORMIR DURANTE TRES AÑOS

VEGA SINTIÓ COMO SI su corazón se hubiera quedado inmóvil durante varios minutos, quieto como la superficie del Corazón de la Jirafa, sin la menor ondulación.

Nelson, por otro lado, recuperó la capacidad de hablar.

—Entonces, ¿la hija del director del circo no está muerta?

—No —replicó Úrsula.

—Disculpe si la pregunta es impertinente, pero ¿será que la hija... es usted?

Úrsula rio.

—¿No me escuchaste? Acabo de decir que vi al director huir con su nieta en los brazos, mientras su hija yacía lesionada en la carpa. Yo estaba fuera de la carpa.

—Ajá, sí. Una disculpa —dijo Nelson—. Me confundo cuando no anoto las cosas. Todo lo escribo en mi libreta, le puedo mostrar...

Nelson sacó *Los misterios de Nelson y otras cosas*, y comenzó a hojearlo, murmurando solo.

Un pequeño remolino de nieve pasó frente a ellos y se llevó los pensamientos de Vega, dispersándolos como polvo y mezclándolos con la nieve. El remolino dio unas vueltas alrededor de Vega antes de aterrizar en el suelo frente a ella, para integrarse en la capa de nieve. Vega no podía distinguir entre la nieve y sus propios pensamientos. Se agachó para hacer una bola de nieve. Así, sus pensamientos tomaban forma, algo que ella podía sostener. Recordó cómo en invierno construía caballos y vacas de nieve en el jardín de la casa. Ella formaba una bola y, en cuanto la terminaba, los propios animales se terminaban de crear y echaban a correr alrededor de la casa. Aquí, no había ni rastro ni de un pequeño ternero de nieve, sólo una bola llena de preguntas.

—Entonces, sólo queda la pregunta decisiva —dijo Nelson. Estaba sentado en el suelo con las piernas cruzadas y su libreta en mano—: ¿Dónde se encuentra la hija del director del circo ahora?

—Yo diría que la pregunta decisiva sería dónde se encuentra el director del circo —dijo Úrsula.

—Para esa pregunta me parece que ya tenemos una respuesta —dijo Nelson—. Héctor está aquí, en el parque, esperando en su galletomóvil. No sabemos exactamente qué estará haciendo, quizá durmiendo una siesta. ¿Sabía que los caracoles pueden dormir tres años seguidos? Las hormigas, en cambio, nunca duermen, sólo trabajan, día y noche. Es algo genial, de hecho. Una vez me quedé despierto veinticuatro horas para...

Úrsula se puso de pie tan bruscamente que la silla cayó.

—¿Regresó Héctor, el director? —jadeó.

—Sí, así es —dijo Nelson, un poco molesto por haber sido interrumpido—, pero parece que no quiere venir aquí.

—¡Debemos ir a verlo enseguida! Lo hemos estado esperando por años. ¡Tengo que reunir a los demás!

—Sí, claro —contestó Nelson haciendo un gesto para calmar a Úrsula—. La llevaremos con él, pero primero tiene que contarnos dónde está su hija.

Úrsula se calmó y respiró hondo.

—Está aquí. Nunca dejó el circo. Ahora tiene otra hija, la que los trajo a ustedes aquí.

A Nelson se le escapó un grito fuerte, que sonó como el aullido de un mono cerdo.

—¿Janna? —exclamó.

—Sí, Janna. Su mamá es la hija de Héctor, el director del circo.

A Vega se le cayó la bola de nieve. La superficie calmada de su corazón empezó a encresparse con olas grandes, una tormenta en las profundidades, donde ya no había fondo que pisar. Vega sintió cómo la tormenta subía por su garganta y salía por su boca y sus ojos, inundando su rostro.

Nelson y Flor se pusieron de pie y se acercaron a Vega. Flor sacó un pañuelo y Nelson agarró las manos de Vega.

—Te dije que era Katja —dijo Nelson en voz baja—, en cuanto vi la imagen de ella en el programa. Soy vidente como un koala. Janna sólo adivinaba, no sabía nada de esto. Es claro que Katja es tu mamá. Es directora de circo, igual que tu abuelo.

Vega creía que la tormenta la rompería en pedazos. Se desplomó en el suelo. Los rizos cayeron sobre sus ojos y se pegaron a sus mejillas. Tantos intentos, tantas mamás, todo en un mismo día. Por fin, tenía la respuesta. Desde la carpa, se escuchaba la música. Los aplausos y silbidos se apagaron, y fueron sustituidos por un silencio expectante. La función estaba a punto de iniciar.

Entonces, la escuchó.

Todos los demás sonidos se desvanecieron.

El viento se calmó y la nieve dejó de caer.

Lo único que Vega escuchaba era una canción tan hermosa que atravesaba la tormenta en el corazón de Vega y frenaba la ola que estaba punto de levantarse. La canción se abrió camino a través de los oídos de Vega, a través de su cabeza, hasta llegar a los rizos, a las puntas de los dedos, a las rodillas, al estómago, hasta llegar a su habitación en la Isla Jirafa, donde papá estaba sentado en la oscuridad, cantándole en voz baja.

Después del anochecer
Todo lo que no puedo ver
Empieza a cobrar vida
En la noche que sigue al día

Todo principio llegará a su fin
Se enredan las cosas en el jardín
Yo sé que es la llegada
De la mañana más esperada

Cuando los elefantes
se parezcan a las jirafas
Cuando vuele el avestruz
y el ganso tenga cuatro patas
Entonces, mi única amiga,
llegará por fin el día
en que estaremos juntas otra vez

Vega se puso de pie sin decir una palabra. Se dio media vuelta y caminó con pasos lentos hacia la carpa, hechizada por el canto. Poco a poco, el tiempo volvía a correr. Los pasos de Vega se apresuraron y, de pronto, ya estaba corriendo, cada vez más rápido, a través del aire pesado. La nieve bajo sus pies crujía y a cada paso bajaba la temperatura, pero Vega

no se detuvo; lo único que escuchaba era la canción que la llamaba. Una manada de animales junto a la entrada de la carpa bloqueaba el camino. Vega se metió entre dos cebras, se deslizó por debajo del vientre de un elefante, pasó frente a una llama peluda y se abrió paso entre un par de tigres. Un oso cornudo, sentado en el lomo de uno de los tigres, la saludó preocupado con una de sus alitas. Vega ya veía la luz de la pista, ya casi llegaba, estaba tan cerca de ver quién cantaba, tan cerca que podía distinguir claramente la letra de la canción...

...Entonces, mi única amiga,
llegará por fin el día,
en que estaremos juntas otra vez...

... cuando, de repente, escuchó un sonido como cuando mil cristales se rompen. Le atravesó la cabeza como un corte y un muro de hielo se alzó justo frente a ella. El frío la golpeó como un mazo. Vega levantó la mirada.

En su camino, blanca como la nieve y grande como un edificio, estaba Viola.

19

LOS AVESTRUCES SON MÁS RÁPIDOS QUE LOS CABALLOS

VEGA ESTABA ATRAPADA. Unas manos frías la tenían presionada como en un tornillo de banco. El frío atravesó su piel hasta alcanzar su sangre, petrificando todo su cuerpo, como si hubiera estado por horas en un congelador grande. Vega escuchó la voz de papá como un eco metálico:

—Vega, ¿por qué escapaste? ¡No fue muy amable de tu parte! ¡Hemos estado muy preocupados!

Vega no se atrevió a levantar la mirada; por la voz, sabía que papá ya no era papá, y no quería ver en qué se había transformado.

—Vega, ¡mírame! —dijo la voz metálica y una mano helada levantó su mentón.

Allí estaban los dos, papá y Viola, mirándola con ojos helados. El cabello negro de Viola llegaba hasta el suelo. Sus dedos largos y torcidos sujetaban a papá con un fuerte agarre. Papá. Vega quería cerrar los ojos. Él se había vuelto blanco como un fantasma, su cabello estaba cubierto de escarcha y su corazón era un trozo duro y sólido de puro hielo.

—¡Vendrás a casa con nosotros ahora! —ordenó la voz metálica y las manos empezaron a arrastrar el cuerpo rígido de Vega, alejándolo del canto, del fuego, justo en el momento en que ella estaba tan cerca que casi podía tocarlo.

Todo se había acabado y ella sería absorbida por el hielo, embrujada por Viola en un paisaje sin calor. Vega sintió cómo su propio corazón empezaba a congelarse como un charco poco profundo, sin amor.

Entonces, de pronto, se aflojó el agarre y Vega cayó al suelo con un golpe seco. Levantó la mirada y vio a Nelson con una soga que parecía moverse sola por el aire. La soga envolvió a Viola dando una vuelta tras otra alrededor de su cuerpo.

—Vega, ¡corre! —gritó Nelson, y jadeó mientras luchaba para domar el otro cabo de la soga—. ¡Más rápido que un avestruz! ¿Sabías que los avestruces son más rápidos que los caballos?

En el mismo momento que Vega se ponía de pie, Flor llegó corriendo y la subió a su lomo. Vega perdió la mochila, pero logró aferrarse al pelaje de la nuca de Flor para no caer. Vega miró hacia atrás y vio a Viola cada vez más enredada y a papá intentando aflojar la soga. Por un momento, Vega vio a Úrsula, oculta junto a la carpa. Úrsula hizo una seña con la cabeza a Vega y le dirigió su sonrisa secreta. Luego, Flor se metió corriendo a la carpa y todo se volvió oscuro:

...Después del anochecer
Todo lo que no puedo ver...

El canto volvió a cobrar fuerza. La manada de animales parecía un suave muro delante de ellos, ahora incluso más tupido que antes. Flor zigzagueó entre patas peludas, se abrió paso entre belfos y se deslizó por debajo de los vientres. Los pequeños ponis estaban agrupados y relincharon alegremente cuando la perra se abrió paso con Vega en su lomo. Un rinoceronte de cuadros amarillos y rojos jadeó, y con su enorme pata estuvo a punto de pisar la pata de Flor. Parecía que los animales eran innumerables. Entre más se acercaban Flor y Vega a la pista del circo, más espeso se volvía el grupo de animales, y Flor ya no pudo avanzar más entre los cuerpos. Se quedaron atorados entre un elefante peludo y una llama calva. La canción se escuchaba a apenas unos metros, pero Vega no podía ver nada.

...Empieza a cobrar vida
En la noche que sigue al día...

Los animales empezaron a moverse hacia delante como un solo cuerpo. Vega y Flor simplemente fluyeron con ellos. Hacia delante, hacia delante. Los reflectores pasaron por la pista frente a ellos, el aserrín tenía el aroma del calor y de la expectativa.

...Todo principio llegará a su fin
Se enredan las cosas en el jardín...

La canción estaba ahora tan cerca que Vega casi la podía tocar con la mano, pero aún no veía a la persona que la cantaba. Los animales avanzaron. Los lomos de los elefantes se mecían, las colas de los leones se agitaban, la canción resonaba sobre la pista.

Yo sé que es la llegada
De la mañana más esperada

Por fin, Flor y Vega habían llegado a la pista. Los animales frente a ellos se dividieron y se fueron en dos direcciones, formando un círculo iluminado por el reflector. Flor avanzó. La luz cegó a las dos. Vega no veía nada. Se agarró más fuerte al pelaje de Flor y parpadeó en la luz intensa de los reflectores. Al abrir los ojos, Flor y ella se encontraban en el centro de la pista, rodeados por el círculo de animales. A apenas unos metros se encontraba… una mujer que Vega nunca había visto. Estaba de espaldas, tenía el cabello recogido en un turbante. Llevaba puesto un largo abrigo verde. Tenía los brazos extendidos a los lados y todos los animales parecían tener la mirada fija en ella y moverse de acuerdo con las señas que ella hacía. La mujer era la que cantaba, pero ¿quién era? No era Katja, Vega la habría reconocido. Entonces, debía ser…

—¡Fénix! —jadeó Vega—. ¡Es ella!

La mujer calló. El público empezó a cuchichear. Al otro lado de la pista, Janna se metió en el haz de luz. Parecía estar preocupada.

—¿Qué quieres decir? —preguntó—. ¿Es a Fénix a quién has estado buscando?

El público zumbaba como abejas confundidas. Vega no sabía qué decir. No era capaz de explicar nada. Sólo sabía que la canción que Fénix acababa de cantar era la misma que papá le cantaba. Nunca había escuchado a nadie más cantarla.

Fénix se dio media vuelta. El reflector la iluminó por atrás y parecía un ángel con contornos luminosos, mientras que su rostro yacía en la oscuridad. Era sólo una silueta.

El público contuvo la respiración. Los animales se quedaron quietos y callados.

En ese instante, Nelson entró precipitadamente en la pista. Jadeó y resolló.

CIRKUS K

—¡Vega! ¡Ya perdí la cuenta con tantas mamás, pero agarra a la que sea y vámonos! Por ahora, Viola está detenida, pero eso no durará para siempre. ¡Necesitamos el remedio contra Código V ahora mismo! ¡X + Z = cuatro mil millones de millones! ¡Es urgente!

Nelson corrió hasta Fénix y la tomó de la mano.

—Hola soy Nelson encantado de conocerla ¿cuánto tiempo lleva en el circo? ¿tiene algún lunar? por favor venga conmigo, es muy importante, le explicaré luego —dijo casi automáticamente mientras se llevaba a Fénix fuera del haz de luz.

Los animales se apartaron para dejarlos pasar. Vega, Flor y Janna los siguieron. Mientras se abrían paso de regreso a la abertura en la carpa, se escucharon algunos aplausos dispersos entre el público sorprendido.

20

LAS MEDUSAS SON INMORTALES

VEGA ESTABA TENSA sobre el lomo de Flor. Frente a ella, caminaba Nelson agarrado de la mano de Fénix. Vega no había visto todavía el rostro de Fénix. Era como si Nelson estuviera agarrando a una muñeca de papel, pero de carne y hueso. Nelson se dio la vuelta y susurró:

—¿Qué crees? ¿Es ella?

Vega asintió.

Con la mano suelta, Nelson hizo una señal de victoria y rio.

—Vega, ¡lo logramos! —celebró Nelson—. El misterio, ¡lo solucionamos! ¡La encontramos! Ahora sólo falta que le dé calor a tu papá para que todo vuelva a la normalidad.

Vega tenía una sensación de inquietud en el estómago. Ya no estaba segura de que ésa realmente fuera la solución correcta. Janna los alcanzó corriendo y estuvo a punto de decir algo, pero se paró en seco al ver lo que les esperaba fuera de la carpa.

Viola seguía amarrada por la soga. Una furiosa tormenta de nieve se arremolinaba alrededor de ella, y papá, que en vano intentaba aflojar la soga, estaba parado en un montón de nieve que ya le llegaba a la cintura.

Al ver a Viola y a papá, Fénix soltó la mano de Nelson y se llevó las manos a la cara:

—¡Arón! —jadeó, como si acabara de ver a un fantasma.

Papá se puso rígido y volteó la cabeza. A través de su chamarra, Vega vio que el corazón de papá temblaba, como si algo quisiera romper el hielo para poder brotar. ¿Sería por el calor de Fénix? La nube sobre la cabeza de papá ya formaba parte de la tormenta de nieve, pero en algún lugar debía estar lloviendo, porque Vega vio los ojos de papá llenarse de agua.

—¿Qué haces aquí? —preguntó Fénix con voz temblorosa.

—Intento cuidar de mi hija —dijo papá.

—¿Tu hija?

—Sí, mi hija. Vega. Si es que la recuerdas.

Papá señaló en dirección a Vega.

—¿Vega? —susurró Fénix—. No, Vega... desapareció. Yo la busqué...

Confundida, Fénix miró a su alrededor. Vega seguía montada en el lomo de Flor, a espaldas de Fénix. Casi no se atrevía a mirar cuando la muñeca de papel se dio la vuelta. Éste era el momento en que llegaría a ver un rostro, un rostro verdadero, que no se volvería a borrar, sin nariz de payaso que se le cayera, sin alas de fuego ni zapatos enormes. Vega cerró los ojos y escondió la cara en el pelaje de Flor, aferrada a la perra con brazos y piernas.

—Vega, ¿en verdad eres tú?

La voz se escuchó junto a la cara de Vega. Vega entreabrió los ojos entre el pelaje de la nuca de Flor. Se encontró con los mismos ojos que tantas veces la habían mirado desde la foto en la repisa de la chimenea en casa de Héctor. Ojos grandes y oscuros, rebosantes de todas las preguntas y la inquietud del mundo. Vega casi no tenía la fuerza para mirarlos. En las comisuras de los ojos, había ligeros contornos de abanicos.

Fénix llevaba pendientes grandes con pequeños cascabeles que tintineaban y, por debajo del turbante, sobresalían unas mechas de cabello oscuro y rizado.

Fénix estiró la mano y cariñosamente acarició la cabeza de Vega.

—Vega, no lo puedo creer. Mi hija. Estás aquí.

Un fuerte grito las interrumpió. Era Viola. La soga la apretaba cada vez más. Vega miró a su alrededor en busca de Úrsula. Los ojos de la encantadora de sogas le guiñaron desde atrás de un árbol. Vega no estaba segura de si debía devolverle el guiño.

—¿Quién es esa pobre mujer amarrada? —exclamó Fénix.

Vega enderezó la espalda:

—¡No es ninguna mujer! —replicó en voz alta—. ¡Es la reina del hielo!

—Sí, la reina del hielo —repitió Nelson—. Es mala y peligrosa.

—Venimos por ti —le dijo Vega a Fénix—, para que nos acompañes a casa y vuelvas con papá para liberarlo del embrujo de la reina del hielo.

A Vega le pareció que al decirlo en voz alta sonaba diferente de lo que había imaginado. Las palabras simplemente cayeron de su boca al suelo. La única reacción adecuada a ellas fue la pirueta victoriosa de Nelson, que terminó con una rodilla en el suelo y los dos brazos estirados a los lados.

—¡Taaarán! —dijo.

Papá respiró hondo, luego, soltó el suspiro más profundo que Vega jamás había escuchado.

—No —dijo él entonces—. Ella no es la reina del hielo. Ella es Viola, mi pareja. Vega, te he intentado decir que ella no tiene nada de malo.

—¡Sí, hay algo malo! —gritó Vega—. La reina del hielo se muda a nuestro departamento y todo se vuelve frío y terrible. ¡Papá cambió por completo! Fénix, tienes que volver con nosotros para darle calor a papá. ¡Tú eres la única solución!

Esta vez, las palabras cayeron con todavía más peso. Vega miró a Nelson, quien mantenía su postura victoriosa con una rodilla en el suelo. Él le dio una señal alentadora.

—Sí, la única solución lógica y posible —agregó Nelson—. Según cálculos e investigaciones extensísimos. Les puedo mostrar mi diagrama.

Fénix parecía haberse tragado todas las palabras. En silencio, se acercó a Viola.

—¡Suéltala! —dijo Fénix con firmeza y la soga se cayó al suelo, sin vida.

Vega buscó a Úrsula con la mirada. Ya no estaba.

Viola gimió y papá la abrazó. La soga había raspado un poco del hielo que cubría el cuerpo de Viola, que ahora goteaba.

—Perdón por haberte metido en esto —dijo papá. Luego se dirigió a Fénix—. No tenía ni idea de que vendría a buscarte a ti. Se escapó de casa. Contactamos a la escuela, y me dijeron que ella tenía una amiga por correspondencia, que vivía en un circo.

Fénix fijó su mirada en Janna, que se había mantenido callada durante toda la conversación. Vega casi había olvidado su presencia. Janna levantó la mano y sonrió apenada.

—Yo no sabía nada de esto —continuó papá—. Vega se empezó a comportar de forma extraña desde que yo empecé a salir con Viola. Aunque tal vez no sea nada extraño que le cueste confiar en alguien que sólo quiere ser su mamá, considerando que su verdadera mamá la abandonó.

La voz de papá era filosa, como carámbanos espinosos y duros.

—¿Que la abandonó? —jadeó Fénix—. ¿Qué te hace pensar que la abandoné?

—Un día, hace nueve años, unas personas vestidas de blanco llamaron a mi puerta con un bebé en los brazos.

Personas vestidas de blanco. Los agentes.

—Dijeron que era mi hija, dejaron a la niña en mis brazos y se fueron. Detrás de ellos, estaba tu padre.

—¿Héctor? —susurró Fénix, y parecía que hablaba la niña de la foto.

—Sí —añadió papá—. Me dijo que la niña se llamaba Vega y que él no la podría cuidar, ni tú tampoco. Dijo que tú ya no estabas.

—Hablando de niñas —intervino Nelson—, ¿sabían que algunas medusas pueden desarrollarse del estado adulto hasta volver a ser niñas? Eso quiere decir que, en principio, son inmortales. Genial, ¿cierto?

Nadie le hizo caso.

—Él era el que ya no estaba —continuó Fénix negando con la cabeza—, igual que Vega. Los dos desaparecieron. Los busqué, pero fue en vano. La policía no pudo hacer nada, estábamos en un país extranjero y yo no tenía idea de dónde se encontraban. Pegué carteles en todos los lugares a donde fuimos, pero era como si se los hubiera tragado la tierra. Sólo me quedaba esperar que un día Héctor regresara con Vega. Él debió haber perdido el juicio. No me cabe en la cabeza por qué se la llevó.

Vega ya no pudo más.

—Por favor, dejen de hablar de mí como si yo no estuviera aquí —exclamó y bajó del lomo de Flor—. Nunca estuve desaparecida, llevo exactamente todo el tiempo aquí. ¡Ustedes son los que no están! Héctor no perdió el juicio. Él es la única persona que siempre me ha entendido.

Dio unos pasos hacia delante y pisó algo duro. Bajó la mirada. Era su cuaderno de dibujo. Al lado estaba la mochila que se le había caído al arrojarse sobre el lomo de Flor. El cuaderno se había abierto en una doble página con un dibujo de una jirafa grande y verde con orejas de elefante.

Fénix se puso en cuclillas al lado de Vega:

—¿Esto qué es? ¿Son tus dibujos? —preguntó con voz suave.

Vega asintió.

—Qué bonitos. Qué tremendamente bonitos. *Cuando los elefantes se parezcan a las jirafas…* —Fénix cantó las últimas palabras, mientras pasaba los dedos por encima del dibujo de la jirafa verde—: … *Entonces, mi única amiga, llegará por fin el día, en que estaremos juntas otra vez.*

Papá se acercó y se puso en cuclillas junto a ellas. Al agacharse, unos pequeños trozos de hielo cayeron al suelo.

—Vega, no sabía que dibujabas —dijo papá con cautela.

—Nunca quieres saber nada de mis animales —replicó Vega bajando la mirada—. Sólo quieres que salga a la calle a saltar la cuerda.

Papá y Fénix se quedaron en silencio por un momento.

—Vega, ¿sabes? —dijo Fénix entonces—, reconozco estos animales. Yo también los he visto. Parece que heredaste mi imaginación.

Vega no quería levantar la mirada. Goteaba sobre sus dibujos. La jirafa verde se volvía borrosa mientras la miraba.

—¿No es maravilloso? —continuó Fénix—. Hay tantas cosas que ver. Nunca nos sentimos solas ni aburridas. Aunque a veces pueden… estorbar un poco. No siempre conviene tener de visita a un montón de seres imaginarios, sobre todo cuando los demás no pueden ver lo que nosotras vemos. ¿Reconoces esto que digo?

Vega asintió.

Fénix acarició la mejilla de Vega.

—Te quiero enseñar algo —susurró.

21

EL CORAZÓN DE LA JIRAFA ES INCREÍBLEMENTE GRANDE

FÉNIX LE TENDIÓ LA MANO A VEGA. Vega vaciló y su mirada cayó sobre Janna. Se preguntaba qué estaría pensando ella de todo esto. Tal vez ella había descartado la idea de que Katja fuera la mamá de Vega porque no quería que Nelson y ella se llevaran a una de sus mamás. Janna sonrió y asintió con la cabeza. Una brisa cálida acarició la mejilla de Vega.

Flor se acercó y se pegó al cuerpo de Vega. Vega sintió el calor del cuerpo de Flor y la perra dio un pequeño empujón con el hocico en el brazo de Vega.

Vega puso su mano en la de Fénix.

El tiempo se detuvo, justo como lo había hecho en el departamento en el momento en que Vega había escapado de casa, pero ahora la sensación era diferente. No daba miedo. Simplemente, era así. Papá se había quedado petrificado en medio de un movimiento. Viola estaba congelada en el tiempo, como si siguiera amarrada por la soga. Janna estaba inmóvil. Ni siquiera Nelson se movía, seguía en su postura victoriosa con una rodilla en el suelo y los brazos extendidos a los lados. También Flor estaba paralizada, con su cabeza grande y suave pegada al cuerpo de Vega. Vega acaricio su pelaje, y luego se volvió hacia Fénix. Fénix apretó la mano de Vega y empezaron a caminar juntas.

Fénix la llevó a un pedacito de pasto un poco alejado de donde se encontraban los demás. Alrededor de ellas, había sólo silencio y vacío.

—¿Qué ves? —preguntó Fénix.

Vega miró el pedacito de pasto. Sólo había un hierbejón dormido. O tal vez estuviera petrificado como los otros.

—Nada —dijo.

—¿Estás segura?

Vega sabía que el pedacito de pasto estaba vacío, que los hierbejones no existían, ni los afableróptеros, los castores de asfalto, las cucharanallas o las trompetas chillonas. Lo había entendido. No estaban incluidos en ninguna enciclopedia y causaban que lloviera desde las cejas de tejado a dos aguas de papá. Tampoco había mamuts en el armario ni osos polares en su habitación. Se lo había dicho papá. Varias veces.

—Sí, estoy segura —contestó—. Aquí sólo hay pasto.

Fénix soltó una risita.

—Yo veo a un adorable hierbejoncito durmiendo —dijo—. ¿No lo ves?

Vega se quedó atónita. Asombrada, miró a Fénix. Los ojos de Fénix brillaban y una gran sonrisa iluminaba su rostro. La muñeca de papel ya no era ninguna muñeca de papel. Estaba aquí, de carne y hueso. ¿O también era fruto de su imaginación, como el hierbejón?

—Vuelve a fijarte —añadió Fénix—. A veces, necesitas estar totalmente quieta y observar con atención para ver las cosas.

Vega volvió a fijar la mirada en el hierbejón. No estaba petrificado. Vega escuchó sus ronquidos apagados y vio cómo se movía lentamente su barriga con cada inhalación. De pronto, el hierbejón despertó y bostezó, se estiró y, gruñendo, empezó a caminar con pasos lentos por el pedacito de pasto. De un arbusto salió meciéndose un trespié, y se topó con el hierbejón. El trespié pareció ofendido y rugió, pero pronto se calmó. Se olfatearon el uno al otro, después siguieron cada uno por su rumbo. Desde la maleza se escuchaba un sonido jadeante, y Vega vio una pequeña manada de borlas enanas salir de ahí al galope. A pesar de que tenían unas patas muy cortas, sus movimientos eran elegantes. De la misma dirección llegaron a zancadas dos mejillonerontes agarrados de la mano. Vega sólo había visto mejillonerontes junto al estanque, en el jardín de Héctor, pero allá siempre estaban ocupados vaciando el estanque para llenarse las bocas con agua y rociarla por el pasto cercano al estanque. Detrás de los mejillonerontes, venían unas cobayas revoloteadoras, un afableróptero, toda una manada de pequeños bigotudos y unas cuantas bolas vacilantes que zumbaban y se tropezaban. ¡El pedacito de pasto estaba lleno de animales!

—Vega, los ves, ¿no es así? —preguntó Fénix y se puso en cuclillas.

—Sí —suspiró Vega— los veo. Los dibujé todos en mi cuaderno. El hierbejón, el trespié, el afableróptero…, ¡pero jamás había visto tantas borlas enanas al mismo tiempo!

Se le escapó una risita.

—Lo sé —dijo Fénix y soltó una risa dulce, como el ponche navideño cuando empieza a hervir. Vega pensó en que a Nelson le habría gustado grabar la risa de Fénix—. Te refieres a los animales que parecen camellos con patas cortas, ¿cierto? Borlas enanas, qué buen nombre. Yo nunca supe cómo se llamaban, pero aquí en el parque las veo por todos lados.

—Entonces, ¿me estás diciendo que también puedes ver a todos estos animales? —preguntó Vega.

—Por supuesto —dijo Fénix—. Parece que heredaste ese don de mí, como yo lo heredé de mi papá, tu abuelo.

Héctor. Por enésima vez en este día, el pensamiento del abuelo sobresaltó a Vega.

—¿Sabes qué? —continuó Fénix—. Hace mucho tiempo, aprendí un truco —se inclinó hacia el oído de Vega y bajó la voz, aunque no había nadie alrededor que la pudiera oír. Ella olía a calor, a tierra—. Me di cuenta de que, si canto para los animales que veo, de repente, los demás también los pueden ver.

Vega no podía creer lo que acababa de escuchar. Fénix soltó una risita.

—¿No notaste que aquí en el circo hay una gran cantidad de animales extraordinarios?

Vega pensó en los ponis rosados, el rinoceronte con cuadros rojos y verdes y los tigres dientes de sable, pero se parecían a los animales que ella veía todos los días en casa de la Isla Jirafa. Se quedó en silencio.

—¿No te fijaste en que en la pista había mamuts y cebras de paso? —dijo Fénix—. ¿Leones de piedra verdes y ponis rosados? ¿Que todos los animales son un poco... diferentes?

Vega seguía en silencio. No se había fijado ni por un momento en que los animales con los que se encontró en la pista eran más o menos extraordinarios, sólo se había concentrado en verle el rostro a Fénix.

Una bolita vacilante se acercó y brincó a los brazos de Vega. Se durmió en un instante.

—El público también veía a todos los animales en la pista, aunque sea difícil creerlo. Sólo escojo los animales a los que la gente pueda reconocer de una u otra manera. Un rinoceronte con cuadros rojos y verdes, por alguna extraña razón, no resulta tan llamativo como una bolita vacilante.

Fénix apapachó la bolita vacilante entre las orejas.

—La canción que canté hace unos momentos en la pista reúne a toda la manada de animales —continuó—. El público se alegra, igual que los animales.

—Pero... —dijo Vega—, ¿cómo hacen para que todos los animales quepan en los vagones cuando viajan al siguiente lugar?

Fénix rio y acarició la mejilla de Vega con la mano. Los abanicos le sonrieron a Vega.

—Los animales sólo se ven durante el tiempo que yo quiera.

—¿Adónde se van cuando desaparecen?

—¡Puf! Se los traga la tierra. O más bien, la niebla. Es decir, desaparecen para los demás, aunque yo los sigo viendo. Andan por allí, por el parque, por la vida, o donde sea que estén cuando ni tú ni yo podemos verlos.

Puf. Vega se había preguntado si el calor de su mamá y el agua de papá se volverían humo, pero éste no era el humo que se había imaginado.

—Te enseñaré cómo hacerlo —dijo Fénix y abrazó los hombros de Vega—. Recuerdo que canté la canción para tu papá cuando nos conocimos. Le expliqué lo que la canción hacía con los animales, pero no me creía. Tu papá es una buena persona, y tiene un gran corazón, pero no tiene el mismo don que tenemos tú y yo.

Vega sonrió al pensar en papá y en el miedo que él les tenía a todos los animales de Vega, en el círculo de tiza alrededor de la mesa de la cocina, en las cejas de tejado a dos aguas y en los nubarrones. A pesar de todo, él recordaba la canción de Fénix y se la cantaba a Vega todas las noches.

—Ya desde antes de que estuvieras en mi vientre, sabía que él y yo no podríamos vivir juntos, pero cuando nos separamos me di cuenta de que yo había recibido un regalo maravilloso de él: te tenía a ti.

Llovía otra vez, porque cuando Vega miraba a Fénix, ella estaba borrosa. Con el dorso de la mano, Vega secó la lluvia de sus ojos.

—Tú recibiste de mí tu imaginación; lo noté cuando eras apenas una bebé. Estabas en tu cuna riéndote de los hámsteres voladores que zumbaban en el techo. Así supe que tú veías las mismas cosas que yo.

Vega no sabía qué decir. Al escuchar lo que contaba Fénix, sintió un dolor en su interior. Pensar que ella había sido una bebé acostada en una cuna, en uno de estos vagones de circo, riéndose de hámsteres voladores. Le gustaría poder recordarlo. Lo único que conocía era Isla Jirafa, papá y una vida en la que nadie había comprendido lo que ella veía. Salvo Héctor.

—Vega, pensé tanto en ti. Has sido como una pequeña muñeca de papel en mi cabeza, a la que intenté poner un rostro y una personalidad. ¡Ahora, por fin, te veo y eres más hermosa de lo que jamás hubiera podido imaginar!

La muñeca de papel en la cabeza de Vega ahora tenía el rostro, el aroma, la risa y la hermosa voz de Fénix. Se estiró y el papel se convirtió en piel, una piel cálida. Vega estiró la mano y rozó la piel de la mujer agachada junto a ella. Su mamá. El brazo era suave y de verdad, y ahí, bajo la manga del abrigo verde, se veía un pequeño lunar en forma de jirafa. Era un poquito más grande que el que tenía Vega en su brazo. La jirafa le hizo un guiño a Vega como diciéndole: "Buen trabajo, me encontraste".

Lentamente, Fénix y Vega caminaron de regreso con los otros. Vega no tenía ni idea de cuánto tiempo se habían ido, pero papá, Viola, Nelson, Janna y Flor seguían allí, en el mismo instante en que los dejaron.

—Vega, sé que me he perdido de mucho —dijo Fénix—. Bueno, me perdí de todo. Me habría gustado estar ahí para ti, para cuidarte. Si tan sólo hubiera sabido dónde estabas.

Fénix apretó la mano de Vega y respiró hondo. Parecía que ahora llovía también en los pulmones de Fénix.

—Pero parece que has tenido una buena vida. Tu papá es maravilloso y se preocupa por ti, y cuando tú te escapas sale a buscarte. Te prometo que a partir de ahora también yo me preocuparé por ti.

Llegaron a donde estaban los otros, que lentamente volvieron a la vida.

Vega parpadeó para limpiar sus ojos de las últimas gotas de lluvia. Fijó la mirada en los ojos de Fénix, que parecían los lagos de bosque más oscuros y tristes imaginables. Luego, fijó la mirada en papá. El hielo en sus ojos se estaba derritiendo y escurría por sus mejillas como arroyos de deshielo primaveral. El rostro había recuperado el color de antes y salía un poco de vapor en los lugares por donde pasaban los arroyos de deshielo, calentando lo que estaba congelado. Los arroyos llegaron hasta su corazón, donde por fin el hielo se derritió y las olas brotaron. El corazón de papá volvió a ser grande y azul, y por fuera de su chamarra se veía cómo palpitaba y se encrespaba. Parecía un lago, donde todas las tristezas del mundo podrían ahogarse, o desarrollar branquias para seguir viviendo como otra cosa. De repente, el cuello de papá creció varios metros y su piel se llenó de lunares, y se parecía mucho a una jirafa. El corazón de la jirafa es extraordinariamente grande, decía Héctor, y el gran corazón de papá en verdad se parecía mucho al corazón de la jirafa.

22

HAY CIEN MILLONES DE ESPECIES ANIMALES

VOLVÍA A NEVAR, pero ahora caía otro tipo de nieve, que ya no era tan fría. Vega vio a una familia de osos polares caminar lentamente por el parque y, detrás de la carpa del circo, apareció un mamut grande y peludo que rugía y jugaba con la trompa en un montón de nieve. Vega intercambió una mirada con Fénix.

Nelson estaba inspeccionando a Viola con su lupa.

—Vega, ¿sabes? —dijo Nelson—. No estoy muy seguro de que ella sea más fría que cualquier otra persona. Yo esperaba que fuera un bloque sólido de hielo, más o menos.

Nelson tocó el brazo de Viola con el índice. Primero, Viola pareció molestarse un poco, pero luego sonrió. Una sonrisita pequeña y amable que ablandó los rasgos de su cara.

—O bien, la fórmula funcionaba para todo lo que estaba frío —prosiguió Nelson—. Quizás $x + 24v — 0° + y = 100\%$ en realidad debería ser $x + 24v — 0° + y =$ *cien mil millones por ciento*. Así, al sumar el factor x, se derretía también la razón original del hielo. Es difícil saberlo con certeza. O bien, simplemente, ya llegó el verano.

De hecho, Viola ya no parecía tan fría. Se había encogido, sus manos ahora parecían manos normales, sin garras, y sus mejillas estaban sonrosadas. Papá la abrazó.

—¿Estás bien? —le preguntó. Viola asintió y fijó la mirada en papá. Ya no los unía ninguna tormenta de nieve, no había hielo cubriendo los ojos de papá. Ahora, Vega veía los pequeños corazones rosados que caían lentamente de las nubes de papá y daban unas vueltas alrededor de Viola. Los corazoncitos parecían hechos de papel de seda fino. Descendían y, al caer al suelo, se derretían formando pequeñas manchas de color rosa.

—Deberíamos ir a buscar a Héctor —dijo Vega.

—¿Héctor? —jadeó Fénix—. ¿Está vivo?

—Por supuesto, es el abuelo más vivo de este lado de la Península de Kola —dijo Nelson con una sonrisa—. Llegamos aquí en su galletomóvil.

—Ven, vamos a verlo —exclamó Vega agarrando a Fénix de la mano. Empezaron a caminar juntas.

—¡Esperen!

Janna vino corriendo detrás de ellas y Vega le extendió su otra mano.

—Janna, me parece que somos más que unas amigas por correspondencia —dijo Vega—. Me parece que somos hermanas.

—¡Qué bueno! —contestó Janna—. Siempre quise tener una hermana. Y ahora, ¡tú tienes más madres de las que habías imaginado!

Fénix rio.

—Así es. ¡A ver qué dice Katja de todo esto!

—¡Arreee! —gritó Nelson cuando las rebasó montado en el lomo de Flor.

Detrás de ellas, caminaban papá y Viola. Detrás de ellos, un par de cebras; después, seguía un grupo de payasos con unos equilibristas pisándoles los talones, luego un mago y

cuatro acróbatas dando volteretas. Entre la muchedumbre, Vega divisó a Olga, la Tragafuego, y a Cindy, la Payasa. El rumor de que el antiguo director del circo había regresado se propagó como un reguero de pólvora entre la gente del circo. Cada vez más artistas salían de la carpa para acompañar a Vega y a los otros.

El galletomóvil estaba en el mismo lugar donde lo habían dejado. De Héctor no había un solo rastro.

—¡Héctor! —gritó Vega.

Se veían unas huellas en la nieve. Las huellas iban del galletomóvil hasta una floresta. Una de las botellas que Flor había llenado con agua del Corazón de la Jirafa estaba en el suelo. Vega la recogió; estaba vacía.

Las huellas llevaban hasta un árbol, donde de pronto desaparecían. Vega levantó la mirada.

—¿Héctor?

—¡Hey! —se escuchó la voz de Héctor desde la copa del árbol—. ¿Ya terminó la pequeña excursión?

—Sí —dijo Vega, riendo—. Terminó la pequeña excursión. Baja, aquí hay alguien que te quiere saludar.

—Ajá, ¿encontraste algunos animales interesantes aquí en la alameda? Ya lo suponía, Vega, pequeño fruto de mi imaginación, tienes la mirada de un albatros.

Vieron unos pies bajar por el tronco del árbol.

—Pues yo recogí unas cuantas llaves para congelarlas hasta el invierno —decía Héctor mientras bajaba del árbol—. Están un poco marchitas, pero al remojarlas, seguramente se recuperarán un poco...

Héctor descendía como si en su vida nunca hubiera hecho otra cosa que no fuera trepar árboles. Cuando faltaba un metro para llegar, soltó el troncó y brincó al suelo, donde aterrizó a cuatro patas, como una pantera. Unos afablerópteros bajaron aleteando del árbol y se acomodaron junto a los pies de Héctor. Héctor se puso de pie y orgulloso extendió la mano en la que llevaba un ramo de llaves. En ese momento, vio a Fénix:

—¡Oh! No es posible...

Las llaves cayeron al suelo con un golpe seco.

—Sí, papá —dijo Fénix—. Soy yo, Fénix. Tu hija.

—¡Oh, Fénix! Creí que estabas... quiero decir, no sabía que...

Héctor parecía haber visto un fantasma. Varias veces abrió la boca, pero no consiguió emitir sonido alguno.

—Lo sé —añadió Fénix—. Papá, tranquilo.

—Desapareciste, o más bien creí que... que estabas... muerta.

—No, como puedes ver, estoy viva. Tú fuiste quien desapareció.

—Creí que... No recuerdo qué pasó, yo... ¿Estás segura de que eres tú?

—¿No me reconoces? ¡Pues mira esto!

Fénix se arremangó el vestido y estiró el brazo. La jirafa estaba patas arriba y le guiñó un ojo a Héctor. Nelson se precipitó hacia ella con lupa en mano.

—¡El lunar! ¡El punto final del misterio! Sabía que lograría resolverlo.

El rostro de Héctor se abrió en una amplia sonrisa. Se acercó a Fénix y rodeó las mejillas de su hija con sus manos.

—¡Eres tú! Hija mía. Cómo has crecido. Eras tan pequeña.

—Eso fue hace mucho tiempo. Vega, por otro lado, era pequeña.

—Sí, era tan pequeña, una bebé que crecería sin su mamá, no podía dejarla, todo fue mi culpa, yo...

Fénix respiró hondo y cerró los ojos, luego sacudió la cabeza y soltó una risita antes de interrumpir a Héctor.

—Estoy tan feliz de que por fin nos hayas encontrado.

De pronto, una trompa tocó el hombro de Héctor. Él se dio la vuelta y vio a un elefante enorme con el fleco enmarañado.

—¡Oh, Mabel! —exclamó—. ¡Eres tú! ¡Ha pasado tanto tiempo!

—Sí, aquí hay muchos más que te quieren saludar —dijo Fénix.

Todos los otros animales y artistas del circo que habían estado esperando se acercaron a Héctor para saludarlo, abrazarlo, reír. Y lo izaron al aire y lo llevaron cruzando el campo hacia la carpa del circo.

Vega se quedó parada junto al árbol de llaves. Papá se acercó a ella con su desvencijado cuello de jirafa. Se agachó y la abrazó con suavidad.

—Vega, ¿cómo estás? —preguntó papá.

—No alcanzo a comprender, en realidad —replicó ella.

—¿Qué es lo que no comprendes?

—Nada. ¿Adónde se fue el hielo? ¿Qué pasó con tu nube? ¿Cómo pudo Héctor olvidar el circo? ¿Por qué te enojaste con mamá si ella sólo estaba triste? Nada tiene sentido.

—Sinceramente, yo tampoco sé si lo comprendo —dijo papá y se rascó la cabeza—. Tal vez no haya una respuesta sencilla.

—¿Por qué Viola parecía ser la reina del hielo? Y tú estabas completamente congelado. Yo tenía mucho miedo. Hace rato creía que todo se estaba rompiendo, como si yo fuera la única persona que pudiera arreglarlo. Pero ya no parece ser así. Todo es tan confuso.

Papá abrazó a Vega.

—Sí, todo es verdaderamente confuso —dijo y acarició el cabello de Vega—. Así es la vida, no siempre es fácil comprender lo que uno siente. La culpa la tiene el corazón.

—Sobre todo, si uno tiene el corazón en la cabeza, como dice Nelson de mí —dijo Vega descansando la cabeza en el hombro de papá.

—Sí, así es muy difícil —respondió papá riendo—. No siempre puede uno resistirse a los deseos del corazón. A veces, allí dentro hay grandes tormentas y oleajes, con vientos provenientes de todas las direcciones, y entonces resulta difícil ver hacia donde debería uno ir. Decide el corazón, pero el corazón no siempre sabe lo que es mejor para uno. Otras veces, el corazón puede ser poco fiable, obstinado e incluso imposible de tratar.

Vega pensó en el elefante en la tienda de porcelana.

—El corazón es complejo —reflexionó papá—. Te puede engañar. Uno puede creer por un segundo que conoce los caminos del corazón y, de pronto, desde las profundidades surge un monstruo marino que se precipita sobre ti justo en el momento en el que crees que vas nadando en la dirección correcta.

Papá puso la mano en el pecho de Vega. En la chamarra, ella todavía llevaba la fotografía de papá y ella, la que había tomado de la puerta del refrigerador.

—A veces, el corazón duele —dijo papá en voz baja—. Duele tanto que uno cree que se va a romper como cuando un iceberg se derrumba y el mar se rompe en mil pedazos. O como cuando llueve tan fuerte que las gotas parecen flechas que penetran la superficie del agua y perforan tan profundo que el dolor se vuelve una parte del corazón, así como la lluvia se vuelve una parte del mar.

Vega fijó la mirada en papá y vio que llovía arriba de sus cejas de dos aguas. Estiró la mano y secó todo lo mojado.

—El corazón puede congelarse como después de un invierno largo —continuó papá—, y uno no entiende cómo las olas podrían volver a moverse en él. Uno simplemente tiene que aguardar a que el sol vuelva a brillar y esperar que así se derrita el hielo.

Papá se sorbió los mocos y respiró hondo.

—Nada es para siempre —dijo él—. Si el invierno puede convertirse en verano, el corazón roto puede sanar. Aunque a veces uno quisiera que el corazón se comportara un poco mejor, es emocionante ver hasta dónde puede llevarte. Cada día se le ocurre algo nuevo. El corazón es insondable, extraño y muy grande. De hecho, es completamente inmenso, sin fondo y sin fin.

—Como el Corazón de la Jirafa —dijo Vega, lanzándose al cuello de papá.

Ella sintió las palpitaciones del corazón de papá a través de la chamarra; hasta las copas de los árboles se estremecían como si hubiera un temblor de tierra.

Nelson y Flor se acercaron a Vega y papá.

—Bueno, ¿qué pasará ahora? —preguntó Nelson.

—Tengo hambre —contestó Vega.

—Yo también —dijo Nelson—. No comí nada desde esta mañana, cuando desayunamos los muffins del galletomóvil. Si yo fuera un parásito intestinal, hace rato que me habría comido a mí mismo.

—Seguro que podrás encontrar algo para comer, tú que eres un detective de primera —Vega rio y puso una mano sobre el hombro del overol azul—. ¡Lo lograste! —dijo—. ¡Resolviste el misterio *Circoratura*!

—Mmm, bueno, no estoy tan seguro. Creo que mejor sigo con mi libreta de datos duros. *Los misterios de Nelson y otras cosas* no tuvo el mismo éxito que *Los datos interesantes de Nelson*. Además, tengo muchas ganas de escribir un libro acerca de los diferentes tipos de manchas en los cirqueros. Tal vez haya varias personas aquí con lunares geniales.

—A mí me gustó mucho *Los misterios de Nelson y otras cosas*. ¿Por qué no escribes un libro sobre este misterio donde incluyas un montón de datos divertidos?

—Sí, ¡qué buena idea! Pero ¿cómo podré seleccionar entre tantos datos divertidos y extraños sobre animales? Por cierto, ¿sabías que hay más de cien millones de especies de animales?

—¿En verdad?

—Quizá.

Vega bajó la mirada y la fijó en su cuaderno de dibujo, que se asomaba del bolsillo de su chamarra.

—Si escribes un libro sobre nuestra aventura, ¿dejarías que yo haga las ilustraciones?

EPÍLOGO

¿Sabías que las jirafas no saben nadar? Seguramente, a estas alturas lo saben todos. Por lo general, las jirafas no viven cerca del mar, así que no han tenido motivos para aprender. Están contentas paseando por la sabana con su presión sanguínea alta, sus lenguas azules y sus cuellos largos, comiendo brotes frescos de las copas de los árboles. Así que, ¿para qué necesitarían saber nadar?

Muy lejos, mar adentro —bien podría ser el mar en el que estás pensando—, hay una isla —bien podría ser la isla en la que estás pensando. Si miras la isla desde arriba, tal vez desde el lomo de un albatros, podrás ver que la isla tiene la forma de una jirafa. Tiene tres patas y una colita, un cuerpo grande y un cuello largo que termina en una cabeza. Alrededor del cuerpo flota un mar igual de azul que la lengua de la jirafa, y los alces nadan y juegan a las carreritas con los caballitos del mar y los ferris que llevan sus pasajeros a la isla o de regreso a Tierra Firme. En el centro del cuerpo, hay un gran lago que se llama Corazón de la Jirafa, y es extraordinariamente grande para una isla tan pequeña, igual que el corazón de la jirafa es extraordinariamente grande en relación con su cuerpo. Si te acercas un poco al Corazón de la Jirafa en tu albatros, podrías ver que su superficie yace quieta como un espejo y la niebla lentamente se extiende sobre el agua. ¿O será humo? En la orilla, se han reunido unas personas, del tamaño de las hormigas, que caminan de un lado a otro con cajitas de tamaño hormiga, construyendo casas de tamaño hormiga que parecen caramelos. En realidad, por supuesto, las casas no son caramelos, sino verdaderas casas, ni las hormigas son hormigas, sino verdaderos humanos de tamaño normal. Pero ¿de dónde viene la niebla? Acércate en tu albatros, vuela más cerca. Verás a unos niños jugando en medio de la niebla. Desde el lomo de un albatros, naturalmente, es difícil escuchar lo que están diciendo allá abajo, en el suelo, pero puedes imaginar que se escucha algo así:

¡PUF!

—Oh, ¿no podía quedarse un rato más? ¡Era tan bonito! —dice un niño bajito vestido con un overol azul, que no deja de brincar de entusiasmo. Podríamos llamarlo Nelson.

—Sí, Vega, por favor, ¡canta otra vez para que vuelva a aparecer! —una niña con fino cabello rubio ríe tanto que el aire silba por las aberturas entre sus dientes. Digamos que se llama Janna.

Janna corre al encuentro de otra niña, la que está cantando. Es una niña de cabello negro y rizado, con una mirada un poco afligida. En uno de los brazos, tiene un lunar en forma de una jirafa.

Ella es Vega.

—Todavía no sé cómo hacer para que se queden más tiempo —dice Vega y carraspea.

—¿No podrías atraer a ese animalito con alas y espinas en la cabeza? —pide Janna.

—¿Te refieres al oso cornudo?

—¡Sí!

¡PUF!

—Y luego, está ese otro, ¡el de la trompa larga y una mata de hierba en la cabeza! —dice Nelson, brincoteando.

—¿El hierbejón trompudo? ¡Lo intentaré!

¡PUF!

La niebla de todos los animales que desaparecen se espesa y flota sobre el lago como algodón de azúcar.

—Vega, ¡no te canses!

Un anciano con cabello abundante y rizado se acerca caminando con una andadera con ruedas. La andadera zumba como un ayudante de cocina amasando un pan. En un estante de la parte superior de la andadera, hay un sombrero de hongo.

—Héctor, ¿la andadera ya produjo más muffins? —pregunta Nelson.

—¿Pretendes que corra por ahí como un loco? —dice Héctor—. Apenas produce un muffin cada cien pasos, ya lo sabes. Esto no es el galletomóvil, aunque como podómetro sin duda es muy motivador.

La andadera emite un sonido, como un suspiro, y saca un plato con un muffin de arándanos perfecto, caliente y humeante.

—¡Manos fuera, ruidazul! —exclama Héctor—. Éste es para Vega. Pequeño fruto de mi imaginación, come. Luego, podrás cantar para que aparezca aquella arpía gris y triste que está esperando su turno allá por el peñasco.

Vega le da una mordida al muffin y canta unas notas todavía con las migas en la boca.

—¡Oh, mira qué bonita! —exclama Nelson—. Creí que sería espantosa.

A la arpía gris que acaba de aparecer le sorprende tanto el cumplido que se olvida de lucir miserable y su boca se abre en una tímida sonrisa. Héctor se golpea las rodillas y suelta una carcajada con un silbido raro.

—Número treinta y cuatro —dice Nelson rápido a su grabadora, antes de acercarla a Héctor.

—¡Perfecto! Como un rol seco, pero delicioso —dice Nelson después de grabar la risa de Héctor.

—¡Oigan! —exclama Janna—. ¿Por qué no vamos entre toda la gente cantando para que salga todo tipo de animales divertidos y así podrás captar las risas de todos?

Los niños salen corriendo de la orilla y se meten entre los andamios. Un esqueleto de tablas forma la silueta de una casa. Arriba, en un tablón junto a lo que parece ser un tejado, está sentada una mujer vestida con un overol amarillo, martillando. El cabello rojo está recogido en una cola de caballo grande, y murmura sola mientras apunta a un clavo.

—Katja, ¿cómo te va? —le pregunta Janna en voz alta desde el suelo.

—Oh, gracias, ahí va —responde Katja también en voz alta desde arriba del andamio—. Por favor, pídele a Fénix que cante para que aparezca el elefante y me baje de aquí. Ya es hora de comer.

—Si tienes hambre, hay muffins —grita Nelson—. Y ahora —le susurra Nelson a Vega—, ¡canta para que aparezca algún animal ridículo!

Vega canta unas notas y en el tablón junto a Katja aparece un ser pequeñito con boca de trompeta. Triunfante, pita al oído de Katja antes de desaparecer con un *PUF*.

Katja abre los brazos y ríe estrepitosamente con un alarido cuyo eco se escucha sobre la superficie tranquila del Corazón de la Jirafa. Nelson apunta su grabadora.

—¡Número treinta y cinco! —dice emocionado—. ¡Muy escandalosa!

—Cuando baje, me vengaré —les grita Katja entre jadeos—. ¡A ver si logran espantar a Fénix también!

Los niños ríen a hurtadillas y siguen su camino entre las tablas de las casas esqueleto, pasando por charcos y piedras, hasta llegar a un pedacito de pasto donde hay una caravana. La puerta de la caravana está abierta. Afuera se encuentra una mujer con turbante sentada al lado de una perra enorme, con pelaje dorado. La perra lava papas, las agarra una por una con cuidado y se las entrega a la mujer, que las pela. La mujer conversa con la perra, espera a ratos y murmura, como si la perra le estuviera contestando. Cuando ven a los niños, la perra agarra un sándwich de queso de un plato y corre al encuentro del chico Nelson.

—Oh, Flor, muchas gracias, muero de hambre —dice Nelson y toma el sándwich de la boca de la perra—. ¡Hola, Fénix!

—Hola, niños —contesta Fénix—. ¿Qué están haciendo? Dentro de poco comeremos. Sólo nos falta hacer fuego para cocer las papas.

—¿Cómo harán fuego? —pregunta Nelson mientras sigue masticando.

—Cantaré para que aparezca un dragón, supongo —dice Fénix con un guiño.

—No funcionará con ella —le aclara Nelson a Vega en un susurro—. Intentaremos otra cosa.

—Fénix —pregunta Vega—, ¿cuál es el animal más extraño que conoces?

—Es una buena pregunta —dice Fénix con una sonrisa—. Tú misma sabes que hay muchos animales extraños.

—¿Quizá no has visto a todos? —añade y acaricia las orejas de Flor—. ¿Quizás haya alguno que sólo vive aquí, en la Isla Jirafa? Hace mucho que tú no vives aquí.

—Es posible. Quién sabe qué se oculta en estos bosques —dice Fénix y regresa a pelar las papas—. Por favor, ayúdenme a recoger leña para el fuego.

De pronto, la expresión del rostro de Vega cambia, sus ojos se abren de par en par y toma una respiración profunda. Su mirada está fija en un punto detrás de la caravana, entre los árboles, como si hubiera algo allí.

—¿Qué pasa? —le pregunta Janna a Vega en un susurro.

—No sé si esto haga reír a Fénix, pero por lo menos se sorprenderá —le responde Vega a Janna en un susurro.

—¿Cómo? ¿Qué ves? —pregunta Nelson en voz baja—. ¡Canta para que lo veamos!

Vacilante, Vega canta unas notas y en el bosque, detrás de la caravana, aparece un gigante. Camina sobre dos patas, el cabello enmarañado cubre sus ojos y su hocico, que olfatea sin parar. Sus brazos son tan largos que sus manos casi arrastran por el suelo y, en el extremo de las dos patas peludas, hay dos zarpas enormes, peludas, del tamaño de unos botes de pesca.

—¿Qué... qué es eso? —pregunta Nelson dejando de masticar su sándwich.

—Ése, ése es Patatorpe —dice Vega—. Nunca pensé que llegaría a verlo.

El gigante peludo avanza con pasos pesados hacia la parte trasera de la caravana, tambaleándose de un lado para otro, como si hubiera tomado demasiado gaseosa. Fénix, sentada tranquilamente con la espalda contra la caravana pelando papas, es la única que todavía no lo ha visto. Los niños contienen la respiración. Es como si observaran un tren descarrilado corriendo a toda velocidad hacia una colisión con... bueno, con una caravana. Justo antes de llegar a la caravana, Patatorpe tropieza con sus propios pies, cae por encima de la caravana y aterriza al otro lado, con la nariz metida en la olla de papas.

Fénix grita, se pone de pie y por un momento queda como petrificada, empapada del agua de la olla. Luego, brota de ella una risa como una olla de presión a punto de echar vapor y ríe, ríe tanto que corren las lágrimas por sus mejillas. Encantado, Nelson se apresura hacia ella con la grabadora.

—¡Número treinta y seis! —dice Nelson.

Flor se acerca sigilosamente a Patatorpe, que gime, tumbado en el suelo. Flor olfatea con cautela y después se echa hacia atrás y estornuda con tanta intensidad que su hocico golpea el suelo.

—Flor, ¿tendrás alergia a Patatorpe? —dice Vega.

—También cuenta como una risa —exclama Nelson, extendiendo la grabadora hacia la perra.

Flor vuelve a estornudar.

—¡Número treinta y siete! —grita Nelson.

—Pronto llegarás a cuarenta —añade Janna.

—Sí, cuando llegue Viola y el papá de Vega podremos grabar sus risas también.

¡PUF!

Patatorpe se desvanece, pero Vega puede ver que se levanta, ofendido y confundido, y se va en dirección a la orilla del Corazón de la Jirafa. Todo el tiempo tropieza con sus enormes patas y comienza a aullar con un sonido desgarrador.

Fénix se acerca a Vega y sigue a la criatura con la mirada:

—¿Qué animal es ése? —pregunta.

—Es Patatorpe —dice Vega—. Héctor siempre me había contado de él, pero yo nunca lo había visto.

—¡Patatorpe! A mí también me contó de él cuando era niña. Me decía que existía en un solo lugar en todo el mundo, cerca de un lago de agua dulce.

Patatorpe está a punto de llegar a la orilla del lago cuando Héctor lo ve, sentado en la andadera, acabándose las sobras del muffin de Vega. Héctor se pone de pie.

—¡Por todas las cucharanallas del mundo! —exclama él.

Patatorpe deja de aullar y se detiene en seco. Parece desconcertado al ver al anciano.

—Qué grosero soy —dice Héctor y agarra con torpeza el sombrero de su andadera. Se pone el sombrerito sobre su cabello rizado y hace una reverencia.

—Es un honor conocerte —afirma.

Patatorpe suelta una risa ronca y jadeante. Él mismo parece sobresaltarse al escucharla y vuelve a reír. Vuelve a reír cada vez más alto, y el ruidoso eco, áspero y sordo, corre sobre el lago haciendo que se encrespe la superficie del agua. De pronto, del bosque que rodea al Corazón de la Jirafa salen hordas de animales. Grandes, pequeños, verdes, rojos, de cuatro patas, de dos, de seis patas y de tres. Braman, aúllan, ladran, pitan. Llegan a la orilla de todas las direcciones, brincan, rebotan, chapotean y se zambullen en el agua.

—Los demás tienen que ver esto —exclama Vega y agarra la mano de Fénix.

Juntas cantan mientras caminan hacia el lago.

—¡Morsas salvajes! —exclama Nelson. Corre lo más rápido que puede hasta Patatorpe, que ahora está parado, muerto de risa. Nelson aprieta el botón de su grabadora:

—Número treinta y ocho —dice, mientras intenta sofocar su propia risa—. ¡Ésta sin duda será una de las mejores de la colección! ¡Como un temblor mezclado con fuegos artificiales!

Vega y Fénix llegan con Héctor. Los animales que nadan emiten murmullos y susurros que parecen un canto.

—Qué maravilla que vivan tantos animales en esta isla —dice Fénix—. Mira, los pedrepatas y las trizas marinas nadan en carrera con los farahículos y los ruidazules, todos en el mismo lago.

—Sí, están a gusto aquí —dice Héctor—. Suelo decir que de aquí sale todo el amor.

—Y la gaseosa —añade Vega.

Los tres miran el Corazón de la Jirafa.

—Me encanta verlos a todos juntos —dice Vega—. Las cucharanallas, las macianas quismosas, las focas moras, los pintajorros, las jirafas y…

¿Las jirafas?

¿No que las jirafas no saben nadar?

Pero, en efecto, ahí está nadando la jirafa con su cuello largo y desvencijado ondeando sobre la superficie, como si nunca hubiera hecho otra cosa.

Lo tomaremos como una señal de que ya vimos suficiente.

Cuando las jirafas nadan en su propio corazón, probablemente es hora de irse.

Dirige de nuevo tu albatros hacia el cielo. Hacia arriba, hasta que el viento ahogue el canto y el murmullo del Corazón de la Jirafa. Desde aquí arriba, vuelve a parecer cualquier lago. Un lago extraordinariamente grande, en el centro de una pequeña isla.

Vuela hasta llegar a las alturas desde donde puedas ver La Capital, el Istmo del Cuello y la Tierra del Cuerpo, que forman esta jirafa de tres patas. Peñascos rojos como manchas en el cuello de la jirafa. Y el gran Corazón, en el centro del cuerpo. El mar brilla a la luz del sol, como si todas las perlas y joyas de una señora rica se hubieran derramado sobre la superficie marina, y las nubes flotan ligeras como bolitas de algodón. Es un día hermoso.

Ahora, ¿adónde quieres volar?

Esta obra se imprimió y encuadernó
en el mes de abril de 2025, en los talleres
de Impregráfica Digital, S.A. de C.V.
Av. Coyoacán 100-D, Col. Del Valle Norte,
C.P. 03103, Benito Juárez, Ciudad de México.